卜巴

——無論你有無宗教信仰，
都一定要知道關於**卜巴金剛**、
大鵬金翅鳥與**卜巴杵**的事……

www.杵.com

目錄

卜巴

【目錄】

目錄

【附錄】

目錄

引言

以下所述的內容，無法用現代科學方式證實，但我個人堅信它的真實性。看官如不認同，就把它當成野史傳說，嗤之以鼻別去在意；如果，你覺得我說的好像有點道理，那就要認真的去思考「你我無端捲入當年那場殺戮所遺留下來的災難詛咒之籠罩」的問題。

以下所說的故事，你可以不相信，但是，無論你有無宗教信仰，關於卜巴金剛、大鵬金翅鳥與卜巴杵的事，你一定要知道……

緣起

大約在三十多年前（約莫是一九八〇年左右），我發現在你我熟悉的物質世界外的虛空中，有一股不尋常的力量存在……

這股力量是什麼性質？我不知道；
這股力量是叫什麼名稱？我不知道；
這股力量是善？還是惡？我不知道；
這股力量怎麼與祂接近？我不知道；
這股力量怎麼與祂互動？我不知道；
這股力量從何而來？我更不知道，因為那時候我才剛接觸玄學與宗教。

一九九六年，我著手解讀《不存在的真實》（註一），當全部的內容解開後，除了清楚知曉生命的來龍去脈，讓我找到可以讓肉體「

緩老」又「少病」的方法，接著，在無心插柳的動機下，竟然無意間讓我發現一股神奇的力量，這股力量一直在虛空中盤旋，好像一架可以無限充電的無人飛機，忠實的執行祂的任務。祂所執行的任務不是「保護」，而是「守護」。守護什麼？守護特定「文物」；怎麼「守護」？就是持續攻擊擁有、製造、販售特定「文物」的「人」！

這怎麼聽起來好像埃及法老王的古墓詛咒，只要破壞古墓、盜取墓內文物或持有古墓文物的人，都會受到詛咒而遭不測一般。沒錯！情節的確很類似，但唯一不同的是，埃及法老王古墓的詛咒，針對的是單一地點、單獨那幾件文物，古墓詛咒不會傷及無辜，或是不相干不知情的人。而我無意間發現在虛空中不停盤旋的攻擊能量，卻是全面性的，祂的攻擊對象，不分地區，不分種族，無論知不知情、有沒有因果關係、是不是當事人……只要涉入特定「文物」的範圍之內，均無一倖免。而且，祂的力道也不會隨著時間稍有褪淡或減弱，至今一千多年了，祂的攻擊力道依舊維持當年釋放出來時的強勁！更恐怖的是，祂的破壞力道就連大家奉為最高精神保護的佛、菩薩、神……都奈何不了祂，也拿祂沒輒。甚至，如有佛、菩薩、神……只要涉入祂所執行的任務範圍之內，也是會被一視同仁的一併被攻擊！意思是說，祂連神佛都能攻擊！這股力量，正是我多年前隱約發現的那股不尋常的力量。

怎會這樣？這是怎麼回事？來，聽我娓娓道來……

01

解開遺傳千年的法寶

細說從頭。關於我的發現之緣起，所有的來龍去脈在我所寫的書中都有依照內文宗旨分段交代，為了讓初讀我的著作之讀者能一氣呵成的瞭解全部，所以在這兒簡潔完整的說一遍。

我，是讀職業學校，高三的時候就到建教合作的模具工廠上班（一九七五年），從最基層的黑手做起。因為身體因素沒有當兵，又因為本身對於工科有濃厚的興趣，所以自我技術不斷突破，也不間斷的在模具界中一路往上爬，不到五年時間就擔任「師傅頭」之職。

一九七九年底，家中發生巨變，向來被父母視為最有可能興家旺族的三哥，在當兵時發生意外而往生。完全不能接受事實的母親，開始不理性的四處求神問卜，試圖替這不合情理的事情，找到合理的解釋。而因為家中兄嫂都在公家機關上班，就剩下唯一在私人公司工作的我，能夠擔起「盯著」母親避免發生憾事的任務，於是乎，我辭掉工作，陪著母親走遍台灣的寺院庵堂。

當時我記得很清楚，我會辭掉高薪的工作，表面上是為了要隨時盯著母親讓她不要出什麼事，事實上我是跟隨著腦海中一直不斷出現的訊息而做出這個決定。當時的我年紀雖然輕，但在模具技術領域上已經算是達到高峰，在工廠中的地位也很高，不過，在我的心裡老是有「我的戰場似乎不在這兒」的感覺，當時家裡的兄長姊雖然沒提要我辭去工作陪母親，但是在那種情況下，也似乎只剩下排行老么的我能擔任這項工作，於是我很有默契的主動說我來陪母親，不過事實上我是隨著「去找屬於我的世界」的念頭，而辭去高薪的模具工程師的工作。

離開工廠後，我哪都沒去，就待在家裡，陪著母親。但母親無法接受喪子的事實，只要一聽說哪兒有很靈驗的大師，必定立刻拿著三哥的八字前去請教因果。我原本是想，辭去工作陪母親應該只是一年半載的臨時性質，反正我有一技在身不怕沒工作，待母親心情平復，也能接受喪子之事實後，我就可以立刻進入職場，不會有任何障礙或停頓。但是，人算總不如天算，在陪著母親近一年的時間，走遍了台灣的寺廟佛堂，接觸了四方大德，深入了佛教、道教、一貫道……一度還跟著鄰居上教堂，一年之後雖然又再回到工作崗位，但就因為陪著母親在這麼密集接觸宗教與玄學的機緣下，我發現我對向來陌生的宗教與玄學的興趣，遠遠高於我的本科職業，於是乎，還是單身的我再做了重大決定，就是放下（也可以說放棄）已經學有所成而且是高薪的模具工程師工作，騎著我的野狼125，到各寺廟在法會期間擺攤做生意，專賣玉刻的佛像，如寺廟沒有法會，就到菜市場擺攤。當時我的決定真的是引起家庭大革命，全家人幾乎都反對，因為我的月薪比已經在當派出所所長的姊夫薪水還要高，由此可見反對的聲浪有多大！

為什麼專挑寺廟擺攤？因為可以接觸到宗教。為什麼專賣玉刻的佛像？因為這樣才能近距離的接觸到宗教文化。擺攤的生意，雖然有一天沒一天，不過攤子還是在慢慢變大，一九八六年結婚後，開了一間小小不到兩坪大的店鋪，擺脫餐風露宿的攤販生涯。有了店鋪後，就能逐漸提升經營水平與廣度，於是在原本的玉刻佛像基礎上，經營項目開始加入宗教類文物與古董。

一入到宗教古董的領域，我赫然發現，這才是我要的世界，因為在這當中有挖不完的寶！別誤會，我說的不是在這當中可以賺到很多錢，而是在我內心中感覺一直被壓抑的那股活躍因子，原來是還沒有來到對的地方，所以有種一直伸展不開的感覺，直到進到宗教古董的領域後，我才知道我為什麼對宗教與玄學有興趣，因為古董文物都是「過去」的東西，而我有興趣的是「過去的事」，尤其是當我接觸到「以前的宗教文物」時，更有一種說不出的親切感，所以在我而言，宗教古董的領域，真的有取不盡的寶！這個寶，不是財，而是它能滿足我長久以來內心中一直感覺要去做什麼事的那種空洞，更認定，這才是我內心中一直在找的世界！雖然我當時對這個世界還很陌生，不過我很確信，就是它！

印象最深的一件事，那是剛開店鋪的那一年，因為新的店鋪客源不穩定，所以只要寺廟有法會，我還是會開著車子載著活動桌板去擺攤。就在一次去嘉義寺廟擺攤的時候，一位建設公司老闆與我在攤子上相談甚歡，這位老闆在當地投資開設一間專賣烏龍茶的茶行，於是當場約我收攤後到他經營的茶行喝茶。到了他的茶行後，除了滿間店的烏龍茶與茶壺外，當中還夾雜著幾件藏傳佛教的文物（有佛像、有法器），一聊之下才知曉，原來這位老闆有在修持藏傳佛法，所以店裡也兼賣藏傳佛教的文物。

當天我在他的店中坐了兩個多小時才離開，口中是天南地北的聊著，但是眼光卻一直盯著店裡櫥窗中的一件法器，我也不知道怎麼會這樣？我只知道我的頭不管轉到哪兒，目光都會被櫥窗中的法器給叫過去，好像是法器在叫我說：「我在這兒！我在這兒！」「把我帶回家！把我帶回家！」更像是：「好久不見！」「終於見面了！」當時我真的不曉得這是怎麼回事？因為那個時候我較專精的是玉刻佛像，對於宗教文物尤其是一看就令人生畏的藏傳佛教佛像法器還很陌生，說真的，連那件法器的名稱我都不知道，用途更是不曉得，但就是被一股無名的力量吸引著。

當時心裡就想，如果價錢是在自己負擔範圍之內，那就把它買回家，試著問了這件法器的價錢後，發現不是我能負擔的，因為當時的收入還不穩定，而且有限的現金是要留著購進馬上可以賣出的貨，而當時我所販售的主力是玉刻佛像，不是宗教文物，就算把這件法器買回去，我也不知道要賣給誰？更不知道要怎麼賣？但就是那股吸引力太強了，於是在離開前我跟一面之緣的茶行老闆說，幫我保留幾天，我回去想一下（事實上是回去籌看看有沒有餘錢），如有確定，會立刻來嘉義把它帶回去，而結束了與法器「初見面」之旅，然後直接開車回台北。

回來以後，一直在想著那件法器，也跟妻子多次講起它，不只這樣，一個月之內還特別帶著妻子專程開車去嘉義那家茶行看了那件法器兩次。如果是站在感性的立場，似乎是應該不管三七二十一的買回家再說，但依我們當時的經濟狀況理性來考慮，就不能這麼衝動，還是應該以大局為重，不能逞一時之快，而影響家計。於是乎打了一通電話給茶行老闆，實話跟他說我目前沒有能力買那件法器，請他無須再替我保留，而這已經是過了三個月。

也就是這件事，更加深了我探索宗教與玄學的念頭，當時那三個月的天人交戰，印象真的是太深刻，所以至今依然清晰記得。（後來我也沒有再去嘉義那間茶行，過了十年，得了一個空，在去南部的一個空檔，專程去嘉義找那間茶行，發現茶行已經不見了，問了左右鄰居，都說茶行出了一些事情，所以已經沒開了。直到現在，我都沒再遇到那位老闆，當然那件讓我思思念念的法器也沒再看到。）

在我經營玉刻佛像的生意逐漸上了軌道後，開始擴大與轉型，於是隨著內心潛藏的興趣，把經營觸角伸往古董的領域，尤其是宗教類古董那一塊。

想要賣古董，絕對不是像一般商店批貨賣貨那麼簡單，如果你想要賣得好價錢，又要賣得快，除了要「識貨」之外，還得要加上「懂貨」才行。「識貨」指的是鑑賞文物的功力，功力越足，越不會買到假貨，也就越能博得客人信任。而「懂貨」呢，就是要清楚這件文物以前的用途，以及瞭解這件文物所要傳達的意義，說穿了，就是要知道這件文物以前是幹啥用的。想想看，你要賣一件古董給客人，對於這件古董的來龍去脈說不出個所以然來，客人怎麼會放心跟你買？於是我在經營古董的這條路上，除了多看以外，就是多從各個蛛絲馬跡中找出每一件文物最原始的使用目的以及這件文物會被製造出來的原因。這麼做的目的無他，就只為了可以讓貨賣得快一點，如此而已。

但想不到，這麼一個以現實為考量的出發點，這麼市儈的目的，居然讓我發現了一個天大的祕密！

對於買賣古董這一行業，「識貨」是靠數量與時間的累積，看多了，又經常看，時間久了自然就識貨。而「懂貨」則是要靠心思的貫注，這與時間長短無關，重點是在對這類文物與所經營的項目有沒有發自內心的興趣。而我呢，到現在為止經營古董三十餘年，接觸過無數的同業與收藏家，我相信我投注在「瞭解這件文物的過去」這件事情上面的心思，應該少有人比我這麼執著的，就因為，我對它們有興趣，我對宗教有興趣，我對玄學有興趣，所以，同樣一件宗教古董，我往往花得比別人短的時間，卻能挖出比別人更多有關它的過去。就在這樣的精神下，從我所經營與經手的宗教文物中，我發現了一個失傳了千年的養身法門，這套曾經存在於宗教法門中極為獨特的養身方法，它可以讓人的肉體延緩老化，也可以讓肉體不受疾病侵擾，也就是「緩老」與「少病」。而為什麼這套養身方法是存在於宗教法門中呢？因為它主要的目的，就是要讓修行人在沒有後顧之憂的狀態下，能夠專注的修行。

那，它為什麼會失傳？追根究柢的原因是因為「人禍」所造成。因為宗教在流傳的幾千年中，曾經與盛過，也曾經低迷過，不過這還不是傷害最大的因素，傷害最大的是因為主政者的信仰不同而發生過幾次重大「滅佛」事件，使得重要的文物與思想遭到毀滅性的破壞，許多與主政者信仰不同的法門，就在那個當下，被視為是異論邪說，而不敢說，也不敢傳，因此逐漸消失不見，這是其一的原因。第二個原因是，宗教自南北朝以來，直至唐宋，在以倡導心靈修持、不立文字、不著物相、澈見心性本源為主旨的「禪宗」，以及強調捨棄、放下、破除執迷、一心念佛並以往生淨土為宗旨的「淨土宗」大為盛行之後，這個「以體為基」照顧肉身的法門，因此而逐漸式微了。

「禪宗」與「淨土宗」的法門教義，都將人的肉體解釋為「臭皮囊」，甚至隱喻肉體是阻礙修行的絆腳石，太執著肉體的一切以及肉身的存在，只會使自身的心靈更加混濁。就在這兩大主流派教義的影響下，人們反而不敢提倡「以體為基」的修行論點，而隨著時間的演進，這套養身方法漸漸的被人們遺忘了。非常可惜的是，時至今日，這個老祖宗曾經留給我們的絕佳禮物，由於不屬於主流教派的思想，它，已經被淹沒在歷史洪流中，且塵封高閣了近二千年。

這個失傳千年的養身理論，我給它取了一個貼切的名字，叫做〔生命基金〕，而從這個理論所衍生出的方法，我叫它【物能養身】，它就有如一面密實的「盾」，時時護著人的肉身。

這個養身的「盾」，原本是存在一個西藏地區以宗教治理國度的古文明王朝中，這個養身法支撐著古王朝的興旺，更讓古王朝中子民的身體幾乎都維持著青春又長壽的最佳狀態。古有云：「匹夫無罪，懷璧其罪」，這個古王朝就是擁有了這個能讓肉身不老不壞的養身方法，而引來外族覬覦最後演變成毀滅性的殺機。由於這個殺戮，不只導致「盾」的養身法從此像斷了線的風箏，消失在人間，也同時造成「矛」被放出來。這個「矛」，正是本書要講的內容。

關於我稱它為「盾」的〈生命基金〉之【物能養身】法，在我已經出版的書籍《生命基金》《天珠》等書中有詳細解釋（註二），雖然它也是攸關本書敘述重要的一環，但是它並非重點，為了不要影響閱讀的連貫性，故本書中不再重複敘述。如你想瞭解這個「盾」是什麼？在看完本書後，可以從本書四三〇頁【註二】的中文網址進入，賞閱書籍內文簡述。以下，就從這個消失的古王朝說起……

02

消失的創世紀

以下描述，是我個人這些年來探索這個古王朝後，所知的片片段段……

〔知一〕

距今三千多年前，在西藏那片大地上，有大大小小部落，有的有組織，有的只是為了生活而群聚在一起，在其中有八個較具規模的族群，以各自的生活專長與型態，共同生活在那片土地上。

他們有的靠狩獵為生，有的靠挖掘為生，有的靠耕種為生，有的靠捕魚為生，有的靠生產器具為生，有的靠替大家祭祀幫大家解惑類似現在大家所說的「心靈導師」在過生活。雖然這八個族群的生活方式不同，但是長久以來這八個族群的生活模式各有所長，互不衝突，所以也就相安無事過著自己的生活。

直到有一天，一位從異次元世界來的「非人」，祂，組織並整合了這八個族群，同時改變了這八個族群的原始生活方式，使他們成為一個國家，取名為「魯力」，名稱的意思是「大融合」，意指族群融合。而族群的百姓稱祂為「天神」。

〔知二〕

天神利用從異次元世界帶來的高度文明與科技，在西藏那片原本長期處於冰寒的土地上，設定了中心區域，改變了它的氣候，成為不受外在影響的四季如春環境。並於境內建立「本教」修行文化體制，教導百姓「靈肉雙修」的修行法門，讓百姓的肉體不受歲月的影響。後來，肇因於一場毀滅性的宗教大屠殺，終結了天神在西藏所建立的國度，也使得可以使人「不老不病」，可以讓環境「四季如春」這個創世紀的神蹟，從此消失。

〔知三〕

這個曾經存在以修行為建國基底的古王朝，位於西藏岡底斯山中一個群山環繞的平坦處，國度裡有著一片碧綠的湖泊，湖水清澈而泛著光亮。在那裡，在修行法門支撐下，只有「生」，沒有「老、病、死」；只有修行層級的不同，沒有人格階級的高低。許多修為高深的子民，可以步行於湖面之上，同時，他們也可以不用言語交談，而是用「心通之術」來傳遞訊息與溝通。更有一些修為極高之人，能拔地而起，以近飛行之姿，穿梭於峭壁之間。

也就是古王朝中有部分修行人已能展現飛行般的穿梭之術，這在定義上已是「人」「神」之間的「非人」之尊，但後人的文獻記載卻曲解它的真義，甚至有些文字將「非人之人」解釋為「尚未完全進化之人」，更有人在文獻或著作中稱說藏族的祖先是「人」與「猴」相互雜交而生出來的，所以稱為「非人之人」。唉！無稽之談本為閒話家常，但一旦落入文字，甚至記入歷史，如此辱及他人的辛苦修為，這個口業造得可就深了。

〔知四〕

天神在古王朝中傳下了無數的修行法門，教導人民靈修的方式，並且建立了像是現在「國家考試」般的晉升制度，不過這晉升制度並不是入考場寫考卷，而是以修行層級的高低，來決定在古王朝中社會地位的管理制度。年長者，未必身分地位就高，個人修為的深淺，以及德行的表現，才是決定在古王朝中社會身分的依據。不過，無論修為高低，每一位子民都要為古王朝能夠正常運作而負擔一項自身專長的工作。也就是說，在古王朝中，從上到下，沒有一個閒人，每一個人都有一份他分內該做的事，大家一起付出，撐起古王朝的榮景。

這個以宗教立國之國家的管理制度中，分為「行政」與「宗教」兩大體系。「行政」體系有一位最高管理者，當時是怎麼稱呼？已難查證，現在為了行文方便，就用現在大家熟悉的名稱，我們就稱他是「國王」；「宗教」體系也是有一位最高管理者，為了方便敘述，就用大家慣用的「教主」稱之。「行政」與「宗教」系統，既是相互輔助，也是彼此牽制。

天神所建立的管理體制是，宗教體系不可干涉國家的行政管理，行政管理系統亦不能涉入宗教體系的核定。不過在以修為的深淺及德行的表現來決定在古王朝中所擔任職務位階高低的制度下，反倒是宗教體系中由教主帶領的一群高修為的修行者才是判定國家管理成員修為的考核者。所以一旦由宗教體系認定其修為之高低後，行政管理的體制隨即依照宗教體系所核定的數值，來決定其任用於何項職務。行政管理的體制所任予的職務一旦確定後，宗教體系亦不能提出異議，除非這位子民在修為上又再精進，那宗教體系才能依其修為的提升程度，再行提供給行政管理的體制，做為另行任命的參考依據。

天神安排這種管理制度，是為了制衡這個國度的政教關係。反觀現在的西藏，所施行的管理制度為「政教合一」，集所有大權於一人之身，這種制度看似簡單易行，但也容易造成人為弊端。而這個古王朝中所施行的則是「政教分治」，這種管理看似複雜，但事實上這套管理制度，也確實帶給這個古王朝千餘年的穩定與發展。

〔知五〕

古王朝在四季如春的環境籠罩下，運用天神帶來的技術，不但畜產豐富資糧無缺，各式各樣的礦產也在不造成環境傷害基礎上適度的開採，因此整個國度尤其是王城的王室中心在金銀、玉石、珠寶、琥珀等的妝點下，顯得金碧輝煌，後來成為了來自印度的「釋迦牟尼」於講經說法中喻為七寶鋪地金雕玉砌，同時也無病無苦的「西方極樂世界」。

就在這個古王朝的發展趨向穩定，天神把政教權力分別交給國王和教主後，在一個隆重的儀式中，也在眾目睽睽的注視之下，天神身體的形體逐漸模糊，在穿過了鏤空屋頂的清晨陽光中，從眾人的目光中逐漸的消失，離開了祂一手建立的神祕國度。

〔知六〕

這個國度舉國上下人人都依「本教」的教義在修行，它是一個信奉「大地萬物皆有其靈」的宗教。本教的修行儀軌，分為三個層次，分別是「未來」「現在」與「永恆」這三大領域。第一個層次的「未來」法門，主要是捨下現世的擁有，轉而掌握未來世界；第二個層次的「現在」法門，主要是充分且積極的管理現世願望；最高層次的「永恆」法門，則是跨越了時間與空間，進入沒有現在與未來界限的無垠。

〔知七〕

在古王朝的運作都上了軌道之後，國王與教主開始遵循天神的遺教，從國度中挑選合適的人選擔任「白衣使者」，前往其他的國度與領土去傳揚「本教」的修行法，這就好像現在大家熟知的「傳教士」一般，遠渡重洋到陌生的國家傳播自己國家的宗教信仰。就因為白衣使者的行腳天下，讓不少千萬里之外的國家知道原來這個世界上有這麼一個可以達到「不老、不病、不死」境界之世外桃源的存在，因而不少人循著白衣使者所描述的路線，前來古王朝取經求法。歷史上最著名的有兩位，一位是歷史上有記載，另一位則是從未經過證實。

有記載的是秦始皇。歷史記載，秦始皇統一中國後，曾派大臣徐福，率三千童男童女，大船百艘，攜金銀布疋，欲到蓬萊尋找長生不老之藥。秦始皇要找的蓬萊仙境在哪裡？是什麼樣的地方？歷史上卻沒有明確載述。不過從諸多史料中可以確知，在秦始皇時期，的確有徐福大舉出訪之舉。不過，秦始皇好像還沒等到徐福回來，就因熱疾而往生。再者，徐福好像也沒找到他心目中生產長生不老藥的蓬萊仙境，因為，他方向走反了，他應該是往西入山，但他卻是往東出海，跑到現在的日本去了。

歷史沒有記載的是釋迦牟尼。釋迦牟尼在出家修行前，是一個國家的王子，生活富裕、衣食無缺，當時全印度信奉的是婆羅門教，貴族與平民之間的生活方式與品質，有著天壤之別的差距，所以當釋迦牟尼第一次走出王宮，面對真實的平民百姓時，他的人生價值觀產生前所未有的顛覆，他第一次真正的體認到，原來他的子民過著是如此貧困的生活，因此他決定放棄王權踏上修行之路。他深信，唯有跟百姓過著一樣的日子，這才能求得真理。就這樣，釋迦牟尼拋下了原有富裕的一切，開始踏上多年的修苦行之途。他原本想從印度的「瑜伽術」當中求得道行，因此他忍受寒、暑、餓的苦修行，最後卻因飢餓差點餓死，覺得苦行方式似乎並非成就之道，於是放棄苦行。後來聽到鄉野間白衣傳教人的傳説，於是順著白衣使者所描述印度東方的方向，前往古王朝求解脫之法。當他初踏上古王朝的境內時，地方長老依照外來求道者靈性等級的分類，判定他必須從最基本主供奉「阿彌陀佛」的「未來」法門學習起，而初學者停留所在之地正是古王朝境內的西邊，也就是修習阿彌陀佛法門的區域。當時古王朝全體百姓均已進入「現在」法門的境界，人人肉體不老，處處金銀碧玉，那種人文與物質的景象，就如釋迦牟尼口中所描述的西方極樂世界的種種一般。釋迦牟尼到了古王朝的西邊停留了三年四個月，在此期間，他習得以阿彌陀佛為主導的「未來」法門之精髓，後來因掛念國家百姓，亟欲改善貧民百姓的生活，決定不再於古王朝繼續修持下一階段的「現在」法門，而提前離開。釋迦牟尼返回印度後，因為原本王子身分的關係，受到百姓的崇敬，在往後數十年的傳道歲月裡，廣為傳播他在古王朝習得的阿彌陀佛法門，逐漸形成有別於印度傳統婆羅門教的「佛教」文化，而所傳播的主流信仰，正是以「一切放下」為宗旨的「阿彌陀佛」法門。

〔知八〕

古王朝的最中心是一座王城，裡面住的都是高修為的修行者，也是古王朝的管理階層。修為層級稍微低一點的，則是住在圍繞在王城的區域，待有朝一日修為提昇後，自然就會被安排進入王城內，參與管理的工作。

由於白衣使者不斷的在外地傳播本教修行文化，不停的述說古王朝的好以及古王朝的美，因此循線前來尋求更好生活或是追求更高真理的外族人越來越多，就因為古王朝是一個修行國度，就連古王朝本身的子民都是依照修為高低而定地位與住所，因此原本就沒有在修行的或是修為不高的外族人，自然就無法進入到古王朝的核心與高修為的子民一起生活，他們只能在古王朝王城的外圈屬於傳統百姓居住區域的周邊搭棚而居。當外來者越來越多，久而久之，這些外族人漸漸的在古王朝的圈外形成聚落。有了聚落，自然就會出現帶頭者。有了帶頭者，自然就會出現想法。有了想法，自然就會有疑心和惡心。

疑心什麼？這些外族人開始出現疑問，那就是同樣都是人，為什麼古王朝中的百姓每一個都不會變老？也不會生病？反觀他們自己，每個人都隨著歲月而老而病，所以這些外族人認定，這個近在眼前但又遙不可及的王朝城堡內，一定有什麼東西只要吃了或用了就可以讓人不老又不病。有了惡心後，自然就會衍生出掠奪的想法。於是乎，在幾個居心叵測的外族人帶頭者的策動下，利用了古王朝管理者人性上的善念，在一次他們認為時機成熟的機會下，扣留了到外族人聚落中幫外族人無條件看病的幾位古王朝醫生以及教導他們宗教儀軌的修行人，然後藉著押著古王朝醫生與修行人進到古王朝內與古王朝管理者談判的時候，突然發難，裡應外合的展開一場滅族性的大屠殺……

而，就在這些外族人出現異常舉動時，古王朝的國王做出了一個預防性的防護動作，他從密室中取出一個鮮少動用的圓盒，他對著圓盒唸了一段咒語，接著圓盒裡出來了一股肉眼可見的幻影。這個幻影不是好的，不是祥和的，也不是正面的，祂所代表的是「災難」的象徵，所擁有的是「禍害」的力量，所釋放的是「人禍」的能量。國王在幻影出來後，對著幻影下了一道緊急的指令：「卜巴聽令，我魯力正遭遇危急，凡動武傷害我魯力人民者，就是祢攻擊的對象，若是私自掠奪擁有我魯力資產者，非我或教主授命持有、使用卜巴者，祢將讓那些人因為他們錯誤的行為而付出代價，我命令祢，即刻起化身攻擊……」

以上，就是在我解讀《不存在的真實》內容時，所發現讓我震驚的一段過去。尤其是〈知八〉這一段，因為古王朝的國王做出釋放卜巴與下達攻擊命令後，也在那場殺戮中喪命，因此他一直沒有機會把執行「禍害」命令的卜巴召回來，因為，國王所下達指令的最後一句是：「……此一命令若未得到我或是教主的解除，祢將持續不間斷的執行它，直到永遠。」

所以，一千多年了，卜巴，依舊忠實的、力道不減的，執行著祂所接到的命令！

03

卜巴的來由

卜巴，祂，不是佛，不是神，不是菩薩，不是龍天護法，也不是鬼，更不是具有保護的力量，要是說得直接一點，祂，就是「災難」，就是專門製造災難之事的能量。

卜巴原來是一股惡性能量，經常幻化成一隻惡靈幻獸，神出鬼沒的在西藏那塊土地上製造過很多人事上的災難，祂的做法是，變出各種幻象來眩惑百姓，或是刻意製造事端捉弄人類。祂最擅長施展的是迷惑人的心智，蒙蔽人的理智，使人們做出異於常理的判斷，在思考觀念上產生偏差，然後做出超過道德規範的行為，因此造成西藏地區連年人事災禍不斷，以及各種大大小小的衝突。

卜巴祂怎麼出現的？如要用現在的語言來解釋，那就是「基因突變」，因為不知道什麼原因，使得原本正常運作的細胞產生突變，成為另一種屬性的細胞。卜巴祂原本是維持這個大地運作一種特定功能的一股能量，主要是在控制、管理與維護每一個大地生靈的「靈性」不要遭到侵擾，同時不要讓外在的「異靈」任意入侵生命體，隔絕不屬於這個生命體的「外魂」輕易奪取體內的「精氣神」，讓每一個生靈在這個大地上都能依照其「因果」軌跡走完每一個階段的生命。

如果用現在大家比較知道的功能來說明，卜巴祂就像是電腦系統的「防火牆」或是「防毒軟體」，確保著電腦中每一項功能不要遭到外在病毒的入侵，讓每一項功能都能維持正常運作。更進一步來說，就像是人類的「保全系統」或是「保安人員」，保護著建築物內的每一戶人家，以及家中的每一個人，在這棟建築物內時是維持著平安與安全狀態。後來不知何因，卜巴的能量屬性產生異變，變成不受大地系統控制的一股衝突能量，同時開始異於常軌的做出傷害大地的事，而祂傷害與攻擊的目標，正是祂最擅長最熟悉但應該是原本要祂維護的大地生靈之「靈性」。

用現在的人比較熟悉的場景來解釋，祂就有如「駭客任務」電影中的那個「電腦人，史密斯先生」，他原本是一個忠實的執法者，專門維護母體的安全，清理擾亂母體運作的保安人員，後來不知何故，史密斯先生逐漸產生出自我意識，而漸漸的不受母體控制，甚至做出危害母體的動作，到最後就連母體也拿他無可奈何，不得已只有依賴外來的救世主尼歐，替母體清理門戶，移除史密斯先生這個不受控制的異變程式。而卜巴的情況正與「駭客任務」電影中的情節類似，其結果也雷同。

卜巴因為是從母體中突變出來而壯大，所以祂非常瞭解母體的運作，因此當時在那片大地上的百姓雖然存有宗教祭祀行為，有巫師，也有術法，但是對於原本就是屬於母體系統一部分，同時本身又擁有異變能量的卜巴均束手無策。固然有很多的修行者、巫師設壇施法，甚至有靈修者驅動靈界護法欲降伏卜巴，但在祂強大與多變的惡性能量反擊中，均徒勞無功，最後，只能忍受卜巴恣意妄為的任意挑起禍事。

天神懷著建立古王朝的任務來到西藏大地，發現這裡存在著這麼一股不受控制的禍害能量，而且是這塊大地上紛爭不斷的源頭，天神一方面為了讓王朝的建立能夠減少人為的錯誤想法而順利的進行，二方面也是為了共同生活在那片大地上之百姓的福祉，於是出面將卜巴收服，而且為了防止這隻幻影惡靈再次危害人間，天神決定徹底摧毀這隻幻影惡靈，讓祂永遠的從這個世界上消失。

但就在天神要摧毀卜巴前，古王朝的教主出面，向天神求情。雖然這位教主在古王朝成立之前所屬的族群百姓，也經常受到卜巴侵擾而人事禍害不斷，但是教主還是站在修行者的立場表達看法，跟天神說：「我們主張『萬物皆有靈』，只要這隻惡靈從此不再危害人群，基於萬物都該被尊重的理由，是否可以饒祂一條生路？待日後如能將祂馴化，也可以成為王朝的助力。」天神聽了之後，接受了教主的求情，停止摧毀卜巴的動作，但為了避免放虎歸山造成更大危害，於是使用咒術，將這隻幻影惡靈卜巴封於一個單手可持的圓盒內，同時設定了一個可以與祂互動的方法，隨後，天神就把關封卜巴的圓盒與互動方法交給教主保管。

由於這隻幻影惡靈的性命是由教主救回，所以祂與教主之間有著一份特殊的情感。用一個現在的情況來解釋，雖然說用這個例子解釋有點不恰當，但事實上這個例子反倒是最接近實況。教主與惡靈卜巴之間，就好像有一隻原本是有正式居所體型高大塊頭壯碩的西藏凶猛獒犬，因故變成街頭流浪犬，然後在馬路上隨意咬人，最後被捕犬大隊的人員捕獲，送往動物收容中心，準備擇日安樂死。後來有一位好心民眾，居於一股善念，出面收養了這隻凶猛的獒犬，讓牠躲掉安樂死的命運。跟著民眾回家的獒犬，因為感念這位民眾出手相救，於是跟這位民眾的感情特別好，也忠心的護著這位民眾。牠與這位民眾之間，根本無須任何鍊條綁著，這位民眾不管走到哪兒，這隻凶猛的獒犬總是溫馴的跟在旁邊，而這位民眾想要這隻凶猛的獒犬做什麼動作時，也無須喊什麼口令，或是做什麼明確手勢，他只要使一個眼色，或是稍微動一下肢體，這隻凶猛的獒犬隨即按照這位民眾的想法，完成他要的動作。而教主與惡靈卜巴之間，正如救了獒犬性命的民眾與獒犬之間的關係一般，他們既不是主從的關係，也不是飼主和寵物的關係，更不是屋主和警衛的關係，惡靈卜巴看待教主，不是服從，而是信服；教主面對惡靈卜巴，不是用馴化，而是用折服。所以當教主從圓盒中召喚出卜巴，卜巴離開那個唯一能關住祂的圓盒，祂也不會像野馬般的想辦法掙脫束縛。當教主希望卜巴再回到圓盒中，已經無須啟用天神設定的方法，而是教主動一下意念，卜巴便直接回到可以關封祂的圓盒中，等待教主下一次的召喚。

就這樣，教主與卜巴間就一直維持著這種有如「心照不宣」的互動關係，而教主擔心旁人誤觸圓盒干擾了卜巴的存在，所以也一直把圓盒帶在身邊，直到多年後……

04

釋放卜巴

多年後，天神離開，由國王與教主共同掌理這個被稱為魯力的古王朝。有一天教主做了一個決定，他決定要「重用」卜巴。教主認為，卜巴的能量無窮盡，把祂一直關著好像也不是終究之道，雖然以前卜巴在這大地上製造了那麼多的禍害，但應該給祂一個將功折罪的機會才對，這才能把「萬物皆有靈」完全落實到「萬物皆有用」上面。在徵得國王的同意後，於是教主喚出這隻被他攔下沒被摧毀的惡靈，對祂下達一道命令，要祂從此以後完全聽從於國王親口發出的號令，然後教主特別在國王與惡靈卜巴之間設立了一個驅動咒語，再把這只圓盒親手交給國王。同時，為了大家以後說及這股「災禍」能量時有一個稱呼，於是將盒中的惡靈，命名為「卜巴」。

古王朝的教主將卜巴交給國王，是希望借用卜巴製造「幻象」的能力，來輔助國王管理古王朝國度，必要的時候還可以借用卜巴的力量來保護古王朝。而古王朝國王的一生，都是在維護國度的安危，保護古王朝的人民是他最重要的工作。當初教主將幻獸卜巴交給他，就是希望藉助卜巴的幻象能力，來幫助國王達成他治理國度的任務。然而，卜巴雖然厲害，能夠輕易擾亂人的心智，但祂卻沒有「好壞、善惡」的判別能力，因此從教主將卜巴交給國王的那一刻起，國王對自己好惡心情的拿捏，就變得更加嚴謹，因為國王驅動卜巴的任何指令與面向，就是卜巴的目標與範圍。

國王在教主的授權下擁有卜巴的收放權力後，行事作為反而變得更為謹慎，避免傷及天和，若非萬不得已，絕不輕易驅動卜巴的攻擊力，如能用人力與武力解決，就不驅使卜巴。

只有幾次，古王朝國度的邊境遭到打游擊搶奪的游牧外族侵略性的騷擾，造成國度外圍的魯力百姓不少財產與作物的損失，而這些自己不事農牧生產亦不從事正當交易，習慣搶奪他人財物食糧的外族，因為四處游牧又移動迅速居無定處，古王朝的兵力難以圍剿，只有在這樣的情況下，國王才會喚出卜巴，去幫助古王朝的士兵盡快完成圍剿的任務。

而卜巴外出執行任務的做法，並不是去攻擊那些搶奪他人財物的游牧外族的身體，讓他們有什麼損傷，而是用祂最擅長的幻術直接去擾亂那些游牧外族的心神，讓這些強梁匪盜自亂陣腳，做出錯誤的決定，輕易暴露自己的行蹤，甚至蒙蔽他們的理智，讓他們掉入古王朝士兵所設下的圈套或陷阱，讓古王朝的士兵能夠輕易殲滅或擄獲。

當任務完成後，國王便會把卜巴召喚回來，讓祂回到圓盒中，待下一次需要祂的幻象能力協助時，才再把祂釋放出去，跟著古王朝士兵執行任務。

●毀盒放逐災難

而這一次，外族人扣留了到聚落中無條件幫外族人看病的幾位古王朝醫生與修行人，然後要求要到古王朝內談判的時候，國王察覺到古王朝的國度受到強大且近距離的威脅，因為以往的外族騷擾，都是在國境邊界，幾乎沒有進入到古王朝的境內，這一次卻是近在咫尺，就在王城外離百姓居住區域不遠的地方，有一種兵臨城下的感覺，國王從外族人扣留了古王朝人員後的種種跡象與各項情資來看，已感受到事情非常棘手，嚴重的話甚至會面臨毀國滅族的攻擊，於是，才預防性釋放出卜巴。而國王在放逐卜巴時，避免傷及無辜，一來主觀性的設定卜巴攻擊任務的範圍，二來也替雙方留下一個客觀的餘地。

依古王朝所屬本教的修行律法，任何本教的文物，這當中亦包括卜巴的造像，都是由王室管理單位統籌製作，然後再依百姓的修行層級，或是士兵的任務需要，而交予百姓或是士兵使用，古王朝的所有百姓無須為了修行上的需要而自己去張羅佛像或法器，這一點凡是古王朝的人民都知道。因此古王朝如真滅亡，爾後只要是擁有任何本教文物與卜巴像之人，一定不是古王朝的人民，也就是說，擁有任何本教文物與卜巴像者，絕大多數都是掠奪而來，所以他下這個命令，也是一個懲罰掠奪者的動作。當然的，擁有其他與本教無關的文物，那就跟這次的侵略掠奪行動沒有關係，自然的就不會遭致卜巴的攻擊。這，就是國王避免傷及無辜所設定卜巴攻擊任務的目標範圍。

而國王所留下的客觀餘地，就是最後欲「召回」的指令。國王雖然放逐這股專門製造人心錯誤思維的卜巴能量，然後毀掉唯一能夠鎖住這隻幻形異獸的圓盒，讓這股製造人為禍害的卜巴能量，留守在古王朝的國境，但如果這次危機能夠度過，他便會將這隻幻形異獸卜巴召喚回來。相反的，若真是國破人亡，那這股製造人為禍害的卜巴能量，會永存於古王朝的國境內，凡是侵佔古王朝，或是掠奪本教文物之人，就必須面對永無止盡的「災難」之詛咒。

國王預防性的釋放卜巴之舉，目的就是要給心懷不軌的外族人一個正面的反擊。國王知道，這次外族集結作亂的最終目標，是想得到古王朝奉為瑰寶的不老祕密，如果真的讓他們得到了，那對於古王朝而言豈不是雙重災難，一是自己的國度毀了，二是敵人不老又不死，於是他毀掉唯一能關閉卜巴的圓盒，刻意將禍害的能量放逐於古王朝的領空中，讓居心叵測的外族人得到永無止盡的懲罰。

所以，當國王感受到前所未有的危機感時，因事態緊急，他並未與任何人商量，更沒有知會教主，因為管理古王朝的工作與任務，是國王在負責，與教主沒有直接關係，所以當下就決定先釋放卜巴，然後再來面對外族，解決危機。

國王走向一間自己的密室，那個密室裡所擺設的，幾乎都是自身極重要之物，以及各國使節送給他個人的佛像與文物。國王進入密室後，從密室的祭壇上取出一只圓盒，這個圓盒就是當年天神留下來給教主，後來教主再轉交給他的。他對著圓盒唸出咒語，接著圓盒裡出來了一隻幻影異獸，祂的外型是鳥頭獸爪、人身雙臂、背展雙翅、口啣靈蛇，這隻異獸就是現今人們所稱的「大鵬金翅鳥」。

圓盒裡出來的大鵬金翅鳥，並不是實體，而是一個霧化的影象，祂是「災難」的象徵，是「人禍」的根源，祂，就是當時被天神所收服，教主取「卜巴」之名的這股能量。這隻如幻覺般的大鵬金翅鳥，在教主把圓盒交給國王後，就由國王控制。而國王在擁有大鵬金翅鳥的控制權後，在驅使大鵬金翅鳥出任務的拿捏上反而更戰戰兢兢。而今眼看事態緊急，他不能讓那些外族人有任何可能得到控制卜巴的機會，因此，為了避免卜巴落入暴徒的手上，而造成古王朝人民無止盡的傷害，也避免他們利用卜巴危害生靈，所以決定將卜巴放出。但是脫出牢籠的卜巴，一定得要給祂明確的目標，才不會又重蹈覆轍，又重演天神收服祂之前危害大地的情況，所以就設定了卜巴執行任務的目標與範圍。

國王以咒語喚出卜巴，對卜巴下了一串的指令：

「卜巴聽令，我魯力正遭遇危急，凡動武傷害我魯力人民者，就是祢攻擊的對象，若是私自掠奪擁有我魯力資產者，非我或教主授命持有、使用卜巴者，祢將讓那些人因為他們錯誤的行為而付出代價，我命令祢，即刻起化身攻擊……」

國王下達了他主控卜巴以來，影響層面最廣、箝制層級最深、執行時間最久的一項行動指令。就在國王對卜巴下完命令，卜巴的幻影逐漸消失在密室的空氣中後，便將唯一可以收制卜巴的圓盒毀掉。

當初國王下達這項指令只是為了保護古王朝而做出的一個預防性的自我防衛措施，如果情勢好轉，事情能夠平息，就會召回卜巴，此項指令自然可以輕易解除。奈何天不從人願，情勢惡化的速度，遠超過國王的預料與想像，所以這項在當時純粹只是保護性的舉動，因為古王朝的國破人亡，反而變成了侵略者最嚴厲的懲罰，形成後世之人世世代代永無止盡的「詛咒」。

古王朝的國王做出釋放卜巴與下達攻擊命令後，並沒有機會撤消命令，因為他也在那場殺戮中喪命。而外族人的人性貪婪與醜陋，也根本沒有替他們自己留下退路，因為他們把國王設定為優先狙殺的對象，所以國王一直沒有機會把執行「禍害」命令的卜巴召回來，因為國王所下達指令的最後一句是：

「……此一命令若未得到我或是教主的解除，祢將持續不間斷的執行它，直到永遠。」

那，教主呢？從這道命令來看，似乎教主是一個轉機，是一個活棋，可以把卜巴召回來，終止卜巴的攻擊行動。但是，在外族人作亂時，國王被外族人設定為優先除掉的障礙，而教主卻是外族人鎖定第一個要狙殺的對象，因為外族人雖然害怕國王所掌握的兵力，卻更懼怕教主所擁有的修行功力，擔心教主使出他們無法招架的奇幻法術，所以，密謀作亂的最多時間，就是如何神不知鬼不覺的安排刺客入王城，因此，在國王被狙殺之前，教主已經被潛伏在王城中的刺客刺殺身亡，所以教主根本不知道惡靈卜巴已經被釋放的事。

再者，外族人懼怕教主的修行功力，縱使在把他刺殺身亡後，還是不放心，外族人使用邪門巫毒咒術，把教主的遺骸封存在能束縛靈體的絕地中，這絕地是在古王朝國境外的荒漠原始之地，是由兩塊直立的巨石頂端相接，下方的土地千萬年來不見陽光照射，而出現讓人不寒而慄的陰影，這塊陰影下的陰溼之地，終年不見人跡，隨時都處於潮溼冰寒樣貌。所以，以後就算教主得知惡靈卜巴已被釋放，他也無計可施，更無能為力。這也就是外族人沒有替他們自己留下退路的貪婪行為生生世世所要承擔的代價，因為教主是最後一個也是國王以外唯一能召回卜巴的人，他們不只把他殺了，還用邪毒咒術封存教主的靈體，以致讓事情演變到無法收拾的地步。

而，根據我在全面剖析解讀《不存在的真實》中所得知的訊息，一是，至今，惡靈卜巴依舊沒被召回，依舊在執行祂所收到的最後一道攻擊命令，一直在執行祂的任務，一直在施展祂的破壞力，一直在用幻術影響相關人等的思考與抉擇。二是，教主的遺骸被外族巫師支解成碎塊，用咒語黑布包裹，封存在能束縛靈體的絕地，目的就是要把教主的靈體永遠關封在那裡，讓教主的「靈」永世不能投胎，永遠都不能再成為「人」。教主的屍骨，就這樣被外族巫師用陰毒邪惡之術封藏了近千年。直到有一天，一個藏族女孩，牽著她的犛牛，獨自走過荒山野地，進到那陽光終年照射不到的冰寒陰溼之地，經過時，犛牛走在封存教主遺骸的地面上，四足四蹄緩慢的踢踏，踩破了外族巫師的邪門封印，踢開了外族巫師的巫毒咒術，才解除被封鎖近千年的教主靈體，教主的「靈」才得以進入生命軌道，重新轉世成為人（註三）。但過了近千年，景物不再是以往，人事也已非當年，卜巴的攻擊任務更執行了近千年，用一個現在人熟悉的字眼，就是「全面失控」，就算教主投胎後的轉世者「地上有知」，也無能為力，更無計可施。

05

卜巴的破壞力

大家一看到「攻擊」這兩個字，一定會馬上聯想到「有形」的肉搏戰，拳腳相向，頭破血流，白刀子進紅刀子出，煙硝爆炸樓倒橋塌……的畫面和場景，這是一般人的想法；不過卜巴的「攻擊」卻是用另一種，祂是用「無形」的破壞方式。卜巴的攻擊不是針對人的「肉體」，祂不是讓人斷手斷腳頭痛拉肚子，祂專門攻擊生靈的「靈魂」。

前篇所述卜巴的原型是鳥頭、人身、雙翅、口啣蛇，現今人們所稱的「大鵬金翅鳥」。而大鵬金翅鳥最厲害不是外觀看起來有點駭人的「鳥頭、人身、雙翅膀」，而是那個「口銜蛇」。

「口啣蛇」，就是口中咬住一條「蛇」。蛇這樣生物的造型，在宗教與玄學領域中又稱祂為「小龍」，在某些定義上，蛇也是代表著「龍」；而，「龍」在玄學的術法中意指生靈的「真元」「元氣」「元神」，亦泛指是生靈的「意識」「魂識」與「靈體」。也就是說，在生靈而言最重要的「元神」，在大鵬金翅鳥來說，宛如蚯蚓般的脆弱，任何時候都是祂隨時可啣取的獵物或玩物。

所以卜巴對生靈的破壞力，就是「擾亂思考」「干擾理性」，最終做出「錯誤的決定」。這個破壞力之大，是一般人難以想像的，「錯誤的決定」不只當下的損失，破壞的影響與後遺症還有可能隨著時間而不斷延續。舉個例來說，有一個掌握實權擁有決策權限的公務人員，遭到卜巴鎖定攻擊，如果是讓他走路跌倒腳踝扭傷不能上班，那只有這一個人在那一兩天受影響。如果讓這個人維持好手好腳的去上班，然後蒙蔽他的理性，批示一紙政策錯誤的公文，讓一個應該要多方審慎思考的工程案子草率的蓋章通過，這影響的層面就大了！

在我們的社會中，因為決策者錯誤的決定，造成往後老百姓的財產損失之事件經常可見，當發生這樣的事，輿論媒體都會用「人禍」來形容整件事。但問題是，當時的決策者卻不認為他有錯；事情發生後，他也不認為他做錯了，還直嚷嚷說是別人誤會他。正是這樣的景況，卜巴的專長，就是專門製造「人禍」，專門讓人做出錯的決定造成災禍或是造成損失。所以，說卜巴是「災難」的象徵，是「人禍」的根源，是「禍害」的代表，一點都不為過。

卜巴攻擊的目標

聽我這樣描述，卜巴真的很恐怖對不對？看官看到這兒，或許會拍拍胸脯說：「好險、好險！好險我不是當年參與毀掉古王朝、搶奪古王朝文物的外族人，而且那是一千多年前的往事，所以現在不用擔心卜巴會攻擊我！」如果你是這樣想，那就錯了！很有可能這就是遭到卜巴干擾後所出現的錯誤見解，因為從歷史的軌跡看來，我還沒見到哪一個區塊的人能倖免的！

現在就從頭來說卜巴攻擊的目標。當時國王釋放卜巴，是做最壞打算的預防性動作，萬一國度真的發生人力無法回天的厄運，古王朝內的百姓子民一定會被傷害，文物法器一定會被掠奪，佛像器物一定會被洗劫，所以針對動手的人、搶文物的人、擁有文物的人，用指定目標方式鎖定要攻擊的對象。

國王以目標性對象所下達的卜巴攻擊指令，是基於古王朝建國之始「尊重萬物」的基本信念，那就是「取該取的」，所以這個卜巴攻擊指令並沒有啟用宛如烏雲蓋日般的全面性攻擊，國王這麼做的目的就是不要傷及無辜，但因為人性的殘暴瑕疵，辜負了國王當時的善意箝制，最後演變成卜巴的攻擊指令猶如核彈輻射塵般的無孔不入，也無處不在，更無人能倖免。

古王朝遭外族人挾持人質的危機，如國王的所料，沒有化解，甚至連斡旋的機會都沒有，就直接進入殺戮局面，而且是屬於斬草除根滅族式的屠殺。不意外的，外族人開始殘殺古王朝的人民百姓時，也動手搶奪古王朝的文物，雖然在外族人虐殺時，古王朝的士兵亦有奮力抵抗，不過在教主與國王先後身亡群龍無首的劣勢下，依舊抵擋不住殺紅了眼的外族人，所以不到幾天時間，除了長期派駐在外的白衣使者，古王朝子民幾乎被屠殺殆盡。古王朝中的器物，尤其是王城內的珍貴文物，也全都被這些外族人洗劫殆盡。

古王朝遭到大屠殺，那些所有參與動手的人從此便遭到卜巴的攻擊，這是無庸置疑的。而搶奪古王朝文物，擁有古王朝文物的人，當然也是卜巴執行攻擊任務的目標。大家看到這裡，或許會質疑說，我說得那麼危言聳聽，但是這看起來好像只是個一千多年前的故事，沒有什麼證據足以證明這個故事是真的!?其實是有的，而且是很明顯的事實，只是大家從沒往這方面去思考。

外族人滅了古王朝，把所有古王朝的文物佔為己有，然後他們利用從古王朝掠奪來的文物、佛像、法器、經書……就在原地區，換湯不換藥的另外建立起一套宗教文化，這套宗教大家一點都不陌生，那就是現在大家熟悉的「藏傳佛教」。

古來有云「成者為王」，在一千多年後的今天，其實也沒有什麼好抱怨的，但是，這當中卻沒有人知道（或是有人知道卻不說，或不敢說），在古王朝所屬的文物與資產中，跟隨著一股宛如「負向」的能量，是會干擾人思考的「禍害」能量，會讓人下錯決定、做錯事的「災難」力量，這股干擾人心思維的「負向」能量，會一直跟隨著古王朝的文物與資產。雖然當年參與屠殺古王朝的外族人至今一千多年了，相信也已經全部都作古了，「人」的目標已經消失，但是「物」卻不會消失，所以也可以這麼說，現今「藏傳佛教」中，只要是屬於當年從古王朝掠奪來的文物與造像，或者是「複製」當年古王朝所擁有的「資產」，像是佛像、法器、畫像、唐卡、經文、咒語、圖騰、文字，甚至是廟堂建築造型……只要這些「物」之形狀的源頭是來自當年古王朝，那就會是卜巴攻擊的目標。

咦？前面不是說卜巴攻擊的是「靈體」，不是攻擊「物體」嗎？這一點都沒錯，卜巴是攻擊「靈體」，因為在國王所下的指令中，有這麼一段：「**……若是私自掠奪擁有我魯力資產者……**」，這當中就已經設定「屬於古王朝資產」後來被「複製或複印」成物品的「擁有者」，將來也是會被攻擊的目標。

看到這兒有沒有一點驚覺，是不是自個兒也捲在其中？也有可能遭受卜巴攻擊？這就是我在前面說的：「我還沒見到哪一個區塊的人能倖免的！」因為，現在的佛教，尤其是藏傳佛教中，許許多多的佛像造型、唐卡內容、經書內文、咒語手印……都是沿襲自唐代時期的佛教傳承文化與造像藝術。現在佛教普遍唸誦的各種經書與咒語，都是來自於那套千年古本《大藏經》，而《大藏經》這套曠世經文，很多人不知道，它不是經過千百年累積完成的，而是唐代時由西藏僧人解譯古代藏文而謄寫出來的，從這個方向來看，最原始的《大藏經》極有可能是解譯古王朝所擁有的本教經文而來，這麼說起來，現在留傳在世的佛教或藏傳佛教的經書與咒語，基本上也都是屬於古王朝的

「資產」。所以說，一旦對著佛像禮拜，或是拿起經文唸誦，或是手握念珠持咒，在還沒得到佛像經文咒語的神力相助時，已經先遭到卜巴的攻擊，讓擁有者、持有者、唸誦者之靈體的理性先受到干擾。

這樣子是不是瞭解得清楚一些。現在再來講前面那段所說「有很明顯的事實，只是大家從沒往這方面去思考」的幾件令人懷疑也讓人想不透的事：

【一】現在的藏傳佛教，最遠的文化與傳承起源，只能追溯到唐代，唐代以前，藏傳佛教的歷史是一片空白，就好像「藏傳佛教」這個文化是突然從地底下冒出來的一般。而根據歷史的紀錄，現在大家熟悉的「藏傳佛教」，是印度僧人「蓮花生大士」（又稱蓮師）於唐代時入藏弘法，與當地原始宗教「本教」發生衝突，後來蓮花生大士結合地方勢力，用武力的方式滅了本教後，而創建現在藏傳佛教。

從這個可靠的歷史紀錄來看，現在的藏傳佛教，就是在那個時候突然興起的，在那之前，完全找不到藏傳佛教的任何來龍去脈或是起源傳承，就好像是一個街頭遊民，突然繼承了龐大的遺產，一夕之間變成大宅門中的大員外。這個歷史紀錄完全吻合我在多年前解出來的這段祕辛。

【二】現在的藏傳佛教文化，無論看哪一本書、哪一種論述，都說是從所謂蓮花生大士滅了西藏本土宗教，建立目前大家熟悉的藏傳佛教以後才有的，而現在的西藏文字，也是在那個時候（唐代）才發展出來的。但在現在的西藏文字建立之前，原本在西藏地區就有一套完整的文字系統，只是從唐代以後，也就是蓮花生大士建立藏傳佛教，現在大家所見的「藏文」開始出現以後，那一套文字就不再使用，而現在的藏人對於「藏文」產生之前的那些文字，就通稱它們為「古藏文」「古梵文」或是「巴利文」。弔詭的是，現在的人，沒人看得懂那些文字，更沒人能正確解讀那些文字的含義，就好像那些文字突然從天上掉下來，或是會讀那些文字的人一夕之間通通從人間蒸發。

【三】

現在的藏傳佛教文化的儀軌中，有大量各式各樣的佛、菩薩、護法、金剛……等神祇造型，個個體態精巧，極具藝術感。按理說，宗教文化與民間習性是息息相關，不過，從古至今的藏地生活，普遍來說是物資缺乏，同時也沒有與宗教造像藝術方面有相關連的生活習性存在，從人類的發展歷史來看，只要是生活物資稀少、生存環境不易的地區，幾乎不會有高度的藝術發展，因為大家都把心思花在「討生活」上面，實在無暇去顧及那些只能看不能吃的「藝術涵養」，因此，實在很難把西藏那種極度貧困的生活環境與高度細膩的宗教藝術做成聯想。所以，又只有一種可能，這些體態精巧極具藝術感的佛像造型，要不從天上掉下來的？要不就是一開始壓根就是從別人家裡偷來的或是從別人手上搶來的！

【四】西藏地區號稱佛國淨土，西藏的寺廟裡，民間的百姓家，山上的岩洞中……存在的佛像、唐卡、壁畫……等的數量，細算之下可以說比西藏的人口還要多，那為什麼西藏地區百姓的生活環境會那麼差？千百年來的戰爭禍事不斷？這到底是藏傳佛教的神佛法力不靈驗？還是無形中有一股力量就是要讓你們不好過！

【五】藏傳佛教從唐代建立以來，體制內的四大教派，寧瑪派（又稱紅教）、格魯派（又稱黃教）、噶舉派（又稱白教）、薩迦派（又稱花教），四大教派之間紛爭不斷，誰都不服誰，所以在歷史上經常出現西藏教派間的流血鬥爭事件。尤其是，藏傳佛教從唐、宋、元、明、清以來，因為中原朝廷的主政者信仰不同，或是信仰改變，而特別扶持某一個派別，因此經常出現彼消我長的政權大洗牌；一旦政權更迭，四大教派間的爭鬥就會重演。這，到底是藏傳佛教的基本教義就是建立在殺伐上？還是有一隻無形的手在撥弄就是要讓你們人禍不間斷！這，也是我在《不存在的真實．下冊．消失的捷徑》一書中斷言「宗教越盛行的地區，災難越多」的原因。

看到這兒，你一定會認為，上面講了那麼多關於西藏的恩怨，我也不是西藏人，我也不住在西藏，跟我有什麼關係？其實是有，而且你想要「無關」都很難！這關鍵點就在「複製」與「傳播」上。現在印刷技術發達，因此宗教佛像、宗教圖騰、宗教經文、宗教咒語……被大量的翻印，就算是要花錢買，還是有很多人掏錢把它們買回家，不要錢的宗教結緣品，流到每一戶人家、每個人手中的就更多了。你家裡或你手中一旦拿到或持有與當年古王朝有關的複製品或複印品，就算你不是西藏人，那你還是會進入到卜巴所要執行任務的範圍中。

不要說別的，就說一個四處可見的符號，就是這個【卍】，很熟悉吧！它，就是古王朝所屬「本教」的精神圖案，這個【卍】圖案，不要說寺廟、佛堂、道場、禪院裡，或是佛像、經文、圖書、咒語條中，現在還有什麼地方是看不到它的？這個【卍】圖案，歷史上使用得最讓人印象深刻的是德國的納粹圖案，而納粹頭子希特勒做了什麼事？造成多大災難？想必不用我多解釋，從種種跡象來看，德國的納粹黨，還有納粹頭子希特勒，像不像理智受了蒙蔽，思考遭到干擾，才會引發迄今為止人類社會所進行過規模最龐大、傷亡最慘重、破壞性最廣泛的全球性戰爭，這似乎就是前面所講惡靈卜巴最擅長的事，就是專門引起「人禍」的發生。

還有，有研究學者提出，現在西方宗教中普遍使用的「十字架」造型圖案，其實是從【卍】這個圖案演變而來。如果這事是真的，那就不奇怪了，因為自古以來，無論東方或西方的戰爭，幾乎都跟宗教有關，都是因為宗教的意識型態不同所引發的，也就是所謂的宗教戰爭。佛教裡有【卍】字，德國納粹用【卍】圖案，研究學者提出的「十字架」造型論，種種的跡象來看，似乎都其來有自，也幾乎可見卜巴的影子，卜巴緊盯持有者、圍繞使用者，施展祂的「災難」本質，在干擾主政者的理性，攻擊掌權者的靈性，讓決策者做出會造成「人禍」的決定。

●禍害藏在庇佑中

前面說得好遠、好沉重，現在來說一件離我們比較近的事。就說一件我親自聽到的一個事情。

多年前的一位古董客人，不定時的會到我開的古董店中逛逛，遇到中意的古董也都會買。但我與他之間除了文物的話題之外，很少聊到其他，所以我不知道他從事什麼行業？也不知道他住在哪裡？

有一天，他來買了一件古董，在店裡聊得比較久，後來無意間看到我的古董店牆上掛著一件銅鎏金立體大鵬金翅鳥的物件，就說他們現在住的大樓一樓大堂一面大大的牆面上，有著「大鵬金翅鳥」圖案的藝術裝置，布滿整個牆面，如依藝術的角度來看，搭配著一樓大堂的裝潢風格，他認為還挺搭的，也美美的。我一聽用「大鵬金翅鳥」意象圖騰當成建築物件中的藝術裝置，心中直接出現一句話：大事不妙！但因為與人交談避免交淺言深，我與這位客人並沒有那麼熟，所以當下並沒有多說什麼。

因為當時我的古董店沒別的客人，所以我們就在店裡聊了起來。在聊到一個修行文化與宗教衝突間的話題時，我藉機詢問他，現在住的地方是不是整棟大樓的住戶關係都不好？是不是紛爭滿多的？……他一聽，耶了一聲，立刻接話說，真的被我說中了！他說，自從他搬入這棟大樓，發現整棟樓住戶間的互動並不和睦，而且住戶與住戶間經常會出現爭執，而且所爭執的又都是一些莫名其妙的事件。再者，每一次管委會所召開的住戶大會，每一次都是在臉紅脖子粗的狀態下吵架收場。

他還說到兩個有趣的情況，一個是，有一戶住戶買了房子搬進來後，因為覺得這棟大樓蓋得不錯，所以力邀他們家認識多年私交也很好的一位世交也來買這棟大樓的房子，然後也搬進來住，但想不到，兩戶人家才當鄰居沒幾個月，居然為了一點點的小事而大動肝火，變成不相往來，就算在中庭狹路相逢也都不打招呼。另一個是，有兩戶住戶一直都有嫌隙，經常聽到他們在中庭吵架，每一次在住戶大會時也都一定是針鋒相對，只要一方贊成的事，另一方一定反對；只要這一戶同意的提案，另一戶一定堅決反對……就這樣，他們在這裡住了幾年，就吵了幾年，就鬥了幾年。後來兩戶人家因為孩子都大了，陸續搬離開。想不到，不到兩年，這兩戶人家的戶長攜手回到大樓中，給大家送喜餅，原來，他們兩家結為親家了！所以專程回來給老鄰居送喜餅。我的這位客人說，住戶們收到喜餅後，就開始七嘴八舌的討論，怎麼會這樣？住在這裡跟仇人似的！搬離開這裡就結親家！難不成是這棟大樓的風水有問題!?專門是在壞事的!?

我聽客人講完後，問了他，在一樓大廳牆面上的那片「大鵬金翅鳥」圖案的藝術裝置，是什麼時候做的？是誰做的？於是客人開始解釋，他說蓋這棟大樓的建設公司老闆，篤信藏傳佛教，自己也有在修法，也經常參加寺廟佛堂法會以及參加朝聖行程，他蓋這棟大樓時，就跟購買預售屋的住戶說，他以後也會定居在這棟大樓中，所以在施工品質上請大家一定放心，還有他也會在一樓大廳裝設具有「庇佑」能量的裝置藝術品，讓住在這棟大樓的住戶，都能夠得到護法的「庇佑」。於是乎，等到大樓交屋時，大家就看到建設公司老闆聲稱有「仁波切」專程來加持過據說能保佑大家平安的「大鵬金翅鳥」圖案。

於是我問了我這位客戶，現在這位建設公司老闆是不是還住在這兒？他說，早搬走了，才交屋的第一年，他就跟好幾戶住戶起爭執，後來聽說他所屬的建設公司營運狀況不佳，住不到兩年他就把房子賣了，搬走了。我這位客戶聽我這麼問，於是好奇的問我說，是不是知道什麼不尋常的事？或是看到什麼有異狀的地方？

當下，我就對這位客人說，蓋這棟大樓的建設公司老闆真的是「請鬼拿藥單」，這棟大樓的「禍害」是藏在「庇佑」中，所有住戶爭執的起因，就是在一樓大廳牆面上的那片「大鵬金翅鳥」圖案，所有的住戶都沒有錯，就因為「大鵬金翅鳥」一直不斷的招來「人禍」的能量，籠罩著整棟大樓，才使得住戶與住戶之間的紛爭不斷。於是，我把原始能量來源是惡靈卜巴之「大鵬金翅鳥」的過去大致說了一些重點，後來我語重心長的跟他說，還住在那棟大樓內的住戶若要遠離這些紛爭，只有搬離一途，脫離「大鵬金翅鳥」能量的籠罩，才能活在自己應有的軌道中，就像那兩戶「住這無名一直吵，出去歡喜結親家」的住戶一樣。

這位客人聽我這麼說了後，哦了一聲，說了句：「難怪！」他接著說，他還沒搬進這間房子前，家裡人的關係都還不錯，夫妻間有話聊，父子母女間沒祕密，但是很奇怪，自從搬到現在這棟大樓之後，家裡的關係逐漸就變得比較「僵硬」，不再有以前「無話不聊」的和諧，他曾經不止一次思考這個轉變，是不是大人邁入更年期，小孩進入叛逆期有關……他聽我這麼解釋後，好像覺得真有這麼回事。我接著跟這位客人說，今天晚了，若想知道全部緣由，哪一天再到我店裡來，我從頭到尾詳細的說給你聽。但是，那一天是我最後一次與這位客人見面，後來我的古董店搬離舊址，我就沒再遇到這位客人，所以我也不知道他搬家了沒？

而這種把原本是宗教儀軌中專屬的「宗教圖騰或圖案」當成「裝置藝術」的情況，在許多建築的建案中經常會出現。如果你現在住的地方也是有把「宗教圖騰或圖案」當成「裝置藝術」，所採用的圖騰又與「藏傳佛教」有關，而住戶與住戶間又經常有不和睦的情事，那就要認真思考，是否要發起住戶連署把「宗教圖騰」的「裝置藝術」拆掉？或是乾脆盡快搬離這個口舌是非地！當然，你也可以找來可以設定這個宗教圖騰能量屬性的人來重新設定，不過，先決條件是，你也要能找得到具有這種能耐的人才行！看來是應該找不到這樣的人才對，因為我沒見過使用「宗教圖騰」當成「裝置藝術」的房子，住的人是家運亨通平安順利的。

●召災法會!?

有兩件事我記得非常清楚。

第一件事，是在二〇〇一年時，一位有在修持藏傳佛法的古董同業，有一天來電要跟我借樣東西，那就是老的卜巴杵，而且尺寸不能太小，都要在二十幾公分以上的古董卜巴杵，而且數量越多越好。他在電話中說明了原由，他說，有一位西藏法王要來台灣主持由台北市政府主辦的「卜巴金剛消災解厄大法會」，在法會期間需要於會場插立一〇八支老卜巴杵，而這一〇八支老卜巴杵要由台灣這邊準備，因為他們的道場是協辦單位，所以四處調兵遣將跟擁有老卜巴杵的收藏家、店家……商借法會所需要的一〇八支老卜巴杵。而我呢，是專賣宗教古董的，對於老卜巴杵亦有偏好，本身也收藏了一些老卜巴杵，而收藏的數量與種類在圈內的名氣排在前幾名，所以這位古董同業就直接希望我把自個兒收藏的老卜巴杵借給他們用，而且還要我多提供幾支。當時我就在電話中正式的拒絕了他，但礙於同業情面，我特別用軟性的語調跟他說，以卜巴金剛為名的法會根本就不能辦，如果舉辦了，一定會召來不知名的災禍，而台北市是主辦地，所以是會替台北市召來不好的災難，我不想變成幫兇，所以我不能也不可以借！那通電話掛上後，我就沒再接過他的電話，所以我不知道法會有沒有舉辦？不過後來聽別的同業說起此事，好像這場「卜巴金剛消災解厄大法會」有如期舉行。

第二件事，也是在那一年，幾月我忘了，因為我當時住內湖的東湖地區，而當時我的妻子在士林陽明醫院洗腎，每星期有三天要走成功路往返士林與內湖，在成功路其中一段的旁邊是基隆河截彎取直後生出來的整片新生地，有一天，例行的經過成功路時，在靠近大直大佳河濱公園段新生地的空地上，瞧見有人立了一個大大的紅色帆布看板，上面幾個大大的字，說當時很活躍的一位法師要在這片新生地的空地上連續舉辦「海陸空消災祈福大法會」。當時，我記得很清楚，在我看到紅色帆布上的法會訊息後，就跟坐在一旁的妻子說：「這不是消災法會，而是召災法會……」。

為什麼會說這兩件事？因為，事情也太巧了！就是那一年，二〇〇一年，民國九十年，那年的九月十七日納莉颱風侵襲台灣，造成台北市大淹水，最嚴重的地區，就屬台北市政府所在地的東區，以及大直區與內湖區，而這其中最讓人納悶的是，從沒淹過水的大直區，幾乎全都泡在洪水中；而那次的水淹台北市，是前所未有的，是從沒發生過的，連貫穿台北市經濟大動脈的地下捷運系統，都灌入大量雨水而損失慘重！就那麼巧，就是那一年，我聽聞台北市政府舉辦了「卜巴金剛消災解厄大法會」，而大直大佳河濱公園段新生地的空地上舉行了「海陸空消災祈福大法會」，靠近年底，就發生災情慘重的大淹水；你說說看，它們到底有沒有因果關連!?

颱風過後，各界開始追查會造成那麼慘重淹水災情的真正因素，尤其是從沒淹過水的大直區幾乎全滅頂。後來發現，除了是納莉颱風帶來出人預料的豐沛雨量，滯留的時間也比較久之外，最大的原因是位於東湖地區的南湖大橋段，當時正在進行基隆河河床堤防的整治工程，就在南湖大橋下方，有一個堤防的大缺口，不知是施工人員便宜行事，還是誤判形勢，居然沒有在納莉颱風來襲前，把那個堤防大缺口先做暫時性的牢固防護，以致基隆河暴漲的河水，就從那個堤防大缺口，直接灌進首當其衝的內湖區與大直區，所以專家學者與媒體都以「人禍」來形容因為那個堤防缺口而造成的大淹水。固然那一次造成台北市重大災情的是無可抗拒的「天災」，不過這個「人禍」絕對是讓這個「天災」加倍肆虐的主因。

看到沒？「人禍！」像不像卜巴最擅長幹的事!?如果是，那就不是卜巴的錯，記得前面說的嗎？卜巴不分善惡，不辨是非，祂只管任務，祂只負責擾亂人的思考，攻擊人的理性，讓人做出錯誤的決定，既然有人搞那麼幾個大場子召祂來，那祂當然就不客氣囉！這就好像把惡虎放入良民村中，結果當然是雞飛狗跳人傷財損再附贈漫漫長的復原路。我為什麼會說得這麼酸？因為我當時就住在那，我還特別去看了那個媒體輿論說是「人禍」的離譜堤防大缺口，同時忍受了十來天沒水沒電，妻子每次洗腎回來都是我背著她走樓梯上七樓的日子。如果說，這是「天災」，那我就認了，人不能改變環境，只有無奈的去適應環境；但極大的可能是「人禍」，那就不應該了，好歹我也是有繳稅，那些造成「人禍」災難的「人」領的薪水，也是有我繳稅的錢，那我總有權利說一些牢騷話吧……

●神佛也難逃

前面說的都是卜巴影響人的思考，干擾人的理性，讓人做出不利於自己的決定，這是我一開始解出來的，我以為這已經是很駭人聽聞的，但後來越解越多，越解越深入，才赫然發現，原來，「神佛」也難逃卜巴的攻擊與干擾！

前面說過，卜巴主要攻擊的是針對「靈體」，而不是「肉體」，所以祂不會讓人跌倒受傷，但是卻可以輕易的讓人思緒混淆，但就因為祂的目標物是「無形的靈」，所以屬於「靈」存在這個空間的「神佛」，因為目標物更明確，反而更容易遭到卜巴的攻擊，攻擊的力道也會更直接。怎麼說？其實這關鍵就是在「造像」上。

冷靜一點來看宗教，大家把宗教奉為至高無上，認為宗教的一切高於人世間的所有，宗教中任何一個無從考證的神諭指令，都被視為遠遠高過人世間不可抹滅的六親情感。但是、但是、但是（因為很重要所以說三遍），大家有沒有冷靜想過，任何宗教中的佛、菩薩、神明、護法……祂們都不能自己動手替自己塑像，或是自己動筆把自己畫出來，更不能自己挑磚替自己蓋廟堂，所有的宗教塑像、宗教造型像、宗教畫像、廟堂建築……都是信徒或百姓幫祂們做的、幫祂們畫的、幫祂們蓋的，完成之後再供給祂們使用。所以，嚴格的說起來，宗教中任何一尊神祇的地位，都是信徒給的，位階也都是百姓封的，這一點都不為過。

這就是關鍵，宗教中任何「造像」都是信徒或百姓幫祂們做的，也可以這麼說，信徒幫祂們做出什麼型態的造像，祂們就被動的進駐信徒幫祂們塑畫的造像中。但這個時候問題就來了，畢竟信徒們不是藝術家，不是設計家，不是巧手匠，不會憑空設計或捏造出新款的神祇塑像或畫像。信徒們要幫神祇造像，絕大部分都是委請工匠或畫師操刀施作，而工匠或畫師接到信徒委託，一定都是沿用或參考已經流傳在世間的造型或版本來施作。如果信徒們指定要某種特定的造型或圖案、圖騰，抑或是工匠或畫師使用的造型或圖案是以前古王朝所擁有的「資產」，那這就是屬於「複製」的行為，一旦成品完成後，也就立刻會被卜巴鎖定為目標，而結果也會跟「人」擁有或使用屬於以往古王朝文物的複製品一樣，待神靈進駐到信徒幫祂們塑製的造像中後，就會被卜巴攻擊。

卜巴攻擊的，不分「靈」或「魂」，不分「神」或「鬼」，只要進駐到古王朝以往之造型的塑像中，這些神佛的靈性即會遭到蒙蔽，祂們的理性也會受到干擾……那，這會造成什麼後果呢？後果是發出不理性的神諭，讓跟隨信仰的信徒做出不理智甚至會形成「人禍」的行為。就如前面說的，自古以來，無論東西方的戰爭，幾乎都跟宗教有關，都是宗教的意識型態所引發，也就是所謂的宗教戰爭。這，到底是「人爭一口氣」而發起的爭端？還是「佛爭一炷香」所誘發的禍事？看來這不會有答案，因為直接問神佛，祂們也不知道，因為千百年來祂們也一直很納悶，為什麼祂們的信眾都那麼好鬥？都是要鬥到你死我活毀家滅族才罷甘休！其實，這個答案一點都不難解，如果，神佛們知道卜巴的存在，知道卜巴所執行的任務，那所有高高在上的神佛，一定不會當神佛，因為一旦當了神佛，也會跟人一樣，就無處可逃！也無法倖免！

現在市面上、網路上、輿論上……經常有人討論一個話題，就是現在的寺廟佛堂道場，有哪些是屬於「正向」的？有哪些神明是屬於「正向神」？甚至不少天生具有靈異體質的人鐵口直斷說，現在市面上九成的寺院廟堂的神靈都不是正向的，意指都是被孤魂野鬼、鬼魅精怪……所盤據，所以勸大夥少去宮廟道場，免得被惡靈邪氣纏身。在我看來，哪些宮廟佛堂是不是「正向」的不是重點，而是有沒有誤用古王朝的文物造型、有沒有被卜巴攻擊才是關鍵。如果，一旦被卜巴鎖定攻擊，整個信仰思維就一定會朝向「唯我獨尊」的方向建構。反之，廟堂中沒有使用古王朝的文物造型，不在卜巴的攻擊目標內，信仰宗旨一定會往「萬物皆尊」的正面方向發展。

不過，你也別問你所信仰的神佛有沒有受到卜巴的攻擊？卜巴沒那麼遜，那麼隨隨便便就被神佛看到，就算佛像內進駐的神靈被卜巴攻擊，祂們也看不到，因為卜巴攻擊祂們不是在祂們進駐神像之後，而是早在神像造好時，神靈還未進駐前，卜巴就已經等在那兒要好好執行祂的任務，神靈進駐後，當然看不到也不會知道卜巴的存在。這就好像有一位大師突然接到一份大禮物，有一位信徒要送給他一棟新房子住，但是這棟新房子在蓋的時候，牆壁裡面用的是輻射鋼筋，當這位大師住進新房子後，只會感受到房子的新鮮氣息，當然不會知道也看不到牆壁內布滿著會讓他得癌症的輻射鋼筋。就是這個道理，不論你用什麼方法去問所信仰的神佛有沒有受到卜巴的攻擊？祂一定只會給你一個答案，就是：「沒有！」因為祂看不到早已經身埋在塑像體內的卜巴。

所以，如果你現在還在宗教中，或是還信仰著宗教，那，當你接到神佛的神諭時，先別急著相信，也別急著照著做，而是先確認一下這尊神佛有沒有在卜巴的攻擊之列？確定沒有，再相信祂；如果不確定，那還是離祂遠一點，這樣對自己的身家才是安全，才不會被不理性的信仰當成靈界戰爭的炮灰。

後話。對於宗教，一般人總認為它是個讓人身心平靜、讓人心靈解脫的地方；大部分人也一致認定，宗教是一個具有智慧涵養、可以沉澱煩思的領域，所以，幾乎沒有人會質疑宗教決定的事可能會是錯的！

對於「宗教永遠是對的」這一點，我個人就有一些懷疑和意見。

不說別的，就說「出家」這件事。

現行的宗教對於決定「出家」之人的規範，就是嚴格要求必須離開家庭、不婚不娶、不生後嗣、終生住在寺院中，孤身伴古佛，直到氣絕往生都不回到原生的家庭中，所以在閩南話中才有「出了家，忘了家」的說法。從我接觸宗教知道「出家」這件事，我就對它一直有不解，到底最一開始是誰決定出那麼「不理智」又「不合理」的修行規矩？

●其一、一個明明對社會運作有生產能力的人，出了家之後，一夕之間，從此不事生產，不用工作，只需接受他人金錢或食物供養，就能過日子。就主觀一點的角度來看，這幾乎是在消耗資源，但是卻不做出貢獻，這樣的舉動對於生命運作的邏輯來說，是極度不合理的，對那些安分守己努力工作盡心付出的人來講，也是不公平的。

●其二、一旦出了家，就不能結婚，更不能有子嗣，那往生後的「魂識」，由誰奉祀祭拜？這不擺明了一個人決定出家的那一天，就注定了往生以後必定成為孤魂野鬼的命運！客觀一點來看，只要是思考正常的人，應該都不會訂出那麼不理智的修行規矩，但在宗教界卻存在著這個不理性的行為，這個像極了卜巴最擅長的事，就是專門讓人做出錯誤的決定。

●不止如此，社會大眾，古今中外，千餘年來，從宗教信仰開始遍布天下後，居然沒有信眾公開針對出家人或神職人員可以不事生產、不用工作、不用付出勞力便可坐享其成的生活一輩子這一點，提出丁點的質疑？看來卜巴迷惑信念的任務執行得真徹底啊！

信念被迷惑，簡稱「迷信」。曾有人主張，宗教本身就是一種「迷信」；關於這個主張，我認為其來有自，來自哪裡？我看是卜巴！

我曾經針對「出家人往生後的魂會去哪兒？」「出家人往生後，他生前的家人能把他寫進祖先牌位中嗎？」類似這方面的問題詢問一位出家法師……

法師說：「祖先都是鬼，出家人已皈依三寶，地位已超過祖先，把出家人的名字寫入祖先牌位，是在貶毀出家人，出家人往生以後自然是跟在佛祖旁修行，最後成為尊者……」

我又問：「誰說出家人的地位高過祖先？誰說出家人往生後一定會是跟在佛祖旁？」

法師回：「佛經上說的。」

我再問：「誰能證明佛經說的是真的？」
法師回：「佛說的。」
我追問：「誰能證明佛說的是真的？」
法師回：「佛經上寫的。」
我繼續問：「誰能證明佛經上寫的內容是真的？」
法師回：「佛經中『佛說的話』能證明佛經寫的是真的……」
聽到這兒，我就不想再問了，再繼續問下去，我可能在這個像是鬼打牆般的問答中，以及洗腦式的傳輸下，相信法師講的是真的。

上面這段對話，亦是促成我把卜巴的事寫出來的動力之一。因為天下很多事，答案已經很明顯，不是當事人不想知道答案，而是被什麼力量矇住他們的心眼，讓他們看不到答案。在我看來，就是卜巴！

05

卜巴的破壞力

06

卜巴的造型「服眾」

卜巴的原型是「大鵬金翅鳥」的幻型，當初關封大鵬金翅鳥惡靈幻獸的圓盒還由教主保管時，因為卜巴並沒有被賦予任務，也沒有要派祂做什麼事，或是擔綱什麼法門要職，所以並沒有屬於祂的造型塑像。後來教主把圓盒與卜巴的控制咒語交予國王，讓國王驅使卜巴，運用卜巴干擾人們靈性的幻術，協助管理國度。但為了讓國王方便操控卜巴，也為了讓古王朝的士兵瞭解卜巴的存在，所以教主替卜巴依照祂的屬性造出一個像，一個造型非常特殊的造像。

古王朝所供奉的神像，以及我們現在所有常見的神像造型，都是「擬人化」的造型，也就是依照「人的型態」為基底所造出來的像，所以說，無論神像是「一臉兩臂」或是「三頭六臂」甚至是「千手千眼」，基本上「下盤」都是像人一樣的均是「兩隻腳」，除此之外，沒有其他下盤造型的神像。但是卜巴的造型就特殊了，祂的下盤不是「雙腳」，而是一柱「上粗下尖的三刃立錐」。

會採用「三刃」，主要是因為卜巴的能量屬性中，同時具備了「進」「退」「停」三股截然不同的能量。

會採用「上粗下尖的立錐」，則是因為古王朝土地測量師所使用名叫「服眾」的定位工具「椿杵」。

●進、退、停

在所有宗教法門中的神祇，所屬的能量屬性，雖有文武之分，有善怒之別，但基本上都是屬於「前進」「得到」「獲取」「成長」「降伏」方面屬於「行動一直往前」的屬性；但是，卜巴的能量屬性，除了每一尊神祇都有的「前進」之力量外，還有其他神祇都沒有的「後退」與「停止」的能量。也就因為這樣，才使得只有「前進」「降伏」方面屬性的神祇、金剛、護法……奈何不了祂，祂也才會以有恃無恐之姿，在天神還未建立古王朝之前的那片大地上造成那麼多的人事災禍。

看到這兒，大家一定會想，所有的事情不都以「行動一直往前」為主，多兩個看似不太用得到的「後退」與「停止」有那麼重要嗎？不是這樣的，這非常重要，這是標準的「功能完整」之全方位屬性。舉個例來說，就說大家都熟悉的汽車，所有的人看待汽車這樣工具，第一個檢視的標準與評斷的項目，就是這輛車的「汽缸cc數」，為什麼是這樣？就以同一個廠牌中同樣規格與系統的汽車來比較，因為，汽車的「汽缸cc數」越大，就代表這輛車「前進的速度越快」，「cc數」小一點的汽車，就表示行進的速度就會慢一些；但是，大家不能把目光都集中在引擎的「cc數」上呀，一輛汽車除了「前進」功能之外，一定還要有「倒車」和「煞車」，這輛汽車的功能才算是完整，也才能安全無虞的奔馳。

任何能量所屬性質，只會「前進」，力量再大，也是屬於「有勇無謀」的蠻力；適當的「後退」，是替下一次的「前進」累積足夠的「衝程」；瞬間的「停止」，是避免掉入前方的深淵，躲掉橫衝的撞擊。而卜巴，祂就是同時擁有「前進、後退、停止」的力量，明白一點解釋，祂是一股「會思考」「會算計」的攻擊力量，以前祂在危害大地時，卜巴會「進、退、停」的交互運使，輕易躲掉想降伏祂的圍剿；之後被天神收服交給教主保管轉而被指派隨著國王出任務，卜巴一樣是以「進、退、停」的方式，讓侵擾古王朝邊境的游牧外族人自己現形；後來因為古王朝面臨入侵危機，被國王下達攻擊指令釋放出來後，卜巴同樣是用「進、退、停」的力量，讓被祂鎖定攻擊的目標完全察覺不到祂的存在。這，也就是卜巴忠實的在人世間執行祂的任務，但沒有人甚至沒有神靈發現到祂的原因。

當時收管圓盒的教主就是發現卜巴同時擁有「進、退、停」這三種能量，所以打算替卜巴塑像的時候，就在思索如何同時展現祂這三種行動力？前面說過，所有神像造型，都是「擬人化」的造型，也就是依照「人的型態」都是「兩隻腳」，但是卜巴同時擁有三種能量，總不能把卜巴的造像設計成「三隻腳」，那多不像樣！幾經琢磨，後來決定不替卜巴造型的下盤定雙腳，而是採用古王朝土地測量師所使用名叫「服罛」的定位工具「椿杵」形狀，做為卜巴的下盤樣式；同時，「上粗下尖」的「椿杵」立錐造型，不再是圓錐狀，而是用「三方刃」的方式，表示卜巴所擁有的「前進」「後退」與「停止」的三種能量。

●椿杵服罛

古王朝的國境內，在天神的安排下成為四季如春的環境。一個大區域要維持四季如春的環境，定時又豐沛的雨水是一定不會少的。每當雨季來到，又遇天降大雨，古王朝境內百姓的農耕土地界限，有的會因雨水的沖刷而變得模糊，當遇到這樣景況，就需要有一個「客觀公正」的人或方法來界定才行。古王朝為了因應這種情況，於是產生了一個專業職位，如用現在人較能理解的，就類似現在的「土地測量師」這種專業人員。

「土地測量師」顧名思義就是負責古王朝境內「土地測量」以及「定位土地界線」的工作，它是一個非常超然的職務，一旦土地測量師決定的案件，就連國王或教主都不能推翻或是有異議。擔任土地測量師的人，他們對於數理方面都比一般人來得精通，因此能夠快速又準確的計算出每塊土地的大小，以及實際的位置與界線。當百姓有這方面的需求請他們前去丈量土地時，他們就會帶著丈量用的繩結，與劃界用的工具「服眾」前往。到了該地方之後，他們就準確計算出土地的界限與範圍，然後使用名為「服眾」的工具，在地上畫出線，然後在土地的四方角落立下樁杵，這塊土地的範圍就此定調。而百姓們一旦看到土地測量師所立的四支樁杵，縱使再有懷疑，也不再提出異議的接受測量結果，接著便直接進入農耕作業。

土地測量師所使用的工具「服眾」，共有兩件，一件是像「⊥」形狀，上方是握把，下方是呈現半月形，在半月形的其中一端，有一個「倒勾」，它的用法是，土地測量師手握著握把，下端半月形淺插入土內，然後依照測量的位置，在土地上利用「倒勾」處，像是犁田一般，在土地上勾勒畫出地界線條。另一件，是一個像是露營搭帳棚的「營釘」一樣的錐狀「樁杵」，它的作用是做為範圍的定位點，用法是在地上線條的最遠轉角處，釘入樁杵，當地上的線條完成四方「口」字形，四個角落都釘入樁杵後，就表示土地測量完成。哪一塊是誰的？哪一邊是誰的？清清楚楚。

土地測量師所使用之「服眾」的材質很簡單，因為是要在農地上使用，所以材質都是西藏特有的堅硬「天鐵」質料，樣式很古樸，不精美也不花俏。不過，由於這兩樣工具是專職負責丈量全國的土地，所以它們「象徵的價值」大於「實際的價值」，因為「服眾」在古王朝人民的心中，代表著「公平」與「大眾信服」，固然「服眾」用的是「天鐵」材質，不是貴重的黃金或白銀，但就因為它們象徵是古王朝不能讓人質疑的公權力，所以「服眾」也與其他由古王朝王室製作出來的修行法器一樣，都是由王室製作，然後再交予土地測量師來使用。當土地測量師收到古王朝王室製作出來的「服眾」，這一式兩件的土地測量工具，就會由土地測量師專職保管，其他人嚴禁使用，就算是王室成員也是一樣。

就因為「服眾」在古王朝上下代表著「不可質疑」的崇高地位，在使用上又具有代表著制訂「勢力範圍」的「決定權力」，所以教主才採用「服眾」中的「椿杵」造型，做為卜巴造像的下盤造型。這麼做的目的，是在象徵卜巴一旦出任務，即表示擁有絕對的決定權與不容質疑的範圍勢力。

而「服眾」之一的「畫線」工具，在外族人滅了古王朝之後，與所有被掠奪的文物一樣，亦被取而用之。不過，現在於藏傳佛教的法器使用上，將它命名為「金剛彎刀」，想必是依其「半月彎勾」的外型而命名，由此可見至今未有人解出卜巴為何存在的千古之謎，因為這「金剛彎刀」的真正用途，是個「土地畫線器」，壓根就與降妖伏魔無關。說個開玩笑的事，如果這個世上真的有妖魔，當看到法師拿著聲稱能斬妖除魔的金剛彎刀要來降伏祂們，說不定祂們會說：「別拿鋤頭侮辱我，我在這等你，去拿真正的武器來吧！」

●卜巴金剛

卜巴造像的下盤「三刃錐」型式不是最先決定的，而是依據上半身的造型延伸而確定的，最先定案的是上半身的造型，是依卜巴的屬性自然產生出來的。卜巴的上半身造型有兩種樣式，一種是「一臉二臂」，另一種是「三頭六臂」。「一臉二臂」表示制訂勢力範圍的絕對權力，「三頭六臂」則表示擁有「進、退、停」讓人無法捉摸的幻術能量。但無論是「一臉二臂」還是「三頭六臂」，一定有兩個共通點：一個是背後有一雙展開的翅膀，代表著這是「大鵬金翅鳥」的原型化身；另一個則是雙臂環胸置於胸前，雙手掌合十狀，掌心握合著一支古王朝時期做為「決定地界範圍」的「椿杵」。這支椿杵，在這個時候有了一個全新的名稱，因為它現在是歸屬在卜巴法之中，所以就稱它為「卜巴杵」；而這整個造型，則被命名為「卜巴金剛」，並且列入古王朝所屬之「本教」修行的儀軌之中，不過卻不在「常態修法儀軌」之內，也就是「卜巴金剛」並不屬於古王朝常態的「修行功課」，因為祂從一開始就被國王與教主嚴格列管。

原來只是虛幻靈體的卜巴有了稱作是「卜巴金剛」物像化的具體造型，也列入古王朝所屬之本教修行法門之中，但是卜巴金剛法門在古王朝中卻是被嚴格禁止任意修持或使喚，實在是因為卜巴的幻術能力太強，經不起半點的閃失，而且卜巴只認咒語，不論對錯，不辨好壞，在天神收服卜巴之前，卜巴施展祂擅長迷惑人心的幻術，在那片大地上造成難以想像的人為災禍，所以並不適合讓大眾修持與供奉。卜巴金剛的造型確定後，在古王朝的修行環境中，也只有教主與國王兩人能驅使與召喚卜巴金剛。就因為卜巴的力量極大，對於能控制卜巴的人而言，卜巴是一項最具保護的利器；相反的，對於受到卜巴攻擊的人而言，卜巴則是一個如影隨形宛如夢魘的侵蝕力，所以教主才決定把卜巴的主控權交給國王，讓國王善用卜巴攻擊力，使管理國度的工作上產生事半功倍的效果。

國王當有需要卜巴的協助時，他並不是只有用咒語放出卜巴，就讓卜巴在虛空中自由來去這樣子而已，而是必須讓卜巴有個依附，有個依據，有個立足點，類似像行動指揮所一樣。當國王派出卜巴協助士兵執行圍剿任務時，會讓領隊的總指揮帶著一尊古王朝王室製作的「卜巴金剛」像，或是「大鵬金翅鳥」像隨軍出征，而負責領銜出任務或是執行特殊任務的領隊，身上則是配掛王室在出任務時慎重交到手上的「卜巴杵」。當古王朝士兵在執行維護國度安全的任務時，領隊身上配掛的「卜巴杵」宛如天線一般，從虛空中接收「卜巴金剛」的能量到最前線，讓敵人現形，助士兵完成任務。當這些士兵戰勝歸來後，第一件事情不是慶功，而是把王室交到自己手上的「大鵬金翅鳥」像、「卜巴金剛」像以及「卜巴杵」交回給王室成員。待下次任務需要時，再帶著它們出征。而國王在確認所有交予出去的都收回來後，即會用咒語召回卜巴，把祂收回到圓盒中。

就是國王有需要卜巴的協助時，會依任務狀況需要讓領隊指揮攜帶或配戴「卜巴金剛」「卜巴杵」或是「大鵬金翅鳥」的這個舉動，讓後來釋放卜巴攻擊掠奪古王朝文物的特定目標與範圍變得「失去控制」。

因為那些外族人在密謀侵犯古王朝時，就對於一個現象一直想不透，就是有時看到古王朝士兵遠征國境邊緣抵禦侵擾的游牧暴民時，只要有隨軍配戴「卜巴金剛」「大鵬金翅鳥」像或配掛「卜巴杵」這些神祕物，幾乎都是完成任務的凱旋回朝，所以這些外族就片面的認為，那些神祕的造型物一定有什麼神奇的法力，才能讓古王朝士兵戰無不勝所向無敵。而他們用盡辦法多方探聽，都沒法從古王朝的百姓口中問到關於「卜巴金剛」「大鵬金翅鳥」與「卜巴杵」的任何事。事實上不是古王朝的百姓不告訴這些外族人，而是百姓們對這個神祕之物也是陌生的，因為他們都沒接觸過，他們也是跟這些外族人一樣的不瞭解。

後來，這些外族人終於打探出來一些端倪，原來這些神祕的造型物只有教主與國王才能修持與召喚！但是他們並不知道為什麼只有教主與國王才可以？所以在他們密謀的侵略行動中，把教主鎖定為第一個要狙殺的對象，國王設定為優先除掉的障礙，因為外族人雖然害怕國王所掌握的兵力，卻更懼怕教主所擁有的修行功力，擔心教主召喚或使出他們無法招架的法術。這些外族人這麼擔心的方向是正確的，因為古王朝的教主確實可以做得到，不過，他們雖然如願的狙殺了教主，阻止了教主召喚惡靈卜巴，但也阻斷了可以讓他們、讓以後的世世代代免於卜巴攻擊的生機。因為，這些外族人利用突襲方式攻破了古王朝士兵的防線，完全的佔領了王城之後，在大肆搜刮古王朝文物的過程中，在一個很隱密的密室中，發現了為數不少他們一直想不透的「卜巴金剛」「大鵬金翅鳥」與「卜巴杵」這些神祕物，在密室門被蠻力衝破後，外族一見這些神祕物，像是餓虎般的一擁而上的各自搶奪……

這間密室，是國王在管理，除了國王之外，也只有教主進來過，就算是國王的親信也不能任意進入；密室中，存放的是隨軍出征的卜巴金剛像、大鵬金翅鳥像以及士兵之領隊配掛的卜巴杵。當有需要卜巴協助時，國王會依事態程度、範圍大小、任務編制……交予不同的卜巴金剛像、大鵬金翅鳥像與卜巴杵；當任務完成後，就會收回交出去的卜巴金剛像、大鵬金翅鳥像與卜巴杵，然後安存在這間密室中，待下次有任務需要時，再來密室中取出使用。不過，這些外族人卻以為，密室中的卜巴金剛、大鵬金翅鳥與卜巴杵的力量一定是太強、太好了，國王與教主怕百姓用之造反，因此嚴禁古王朝的人民百姓觸碰這個法門，所以才關這間密室暗藏這些禁忌品。他們絕對沒有想到，這是教主與國王為了要保護古王朝的人民百姓，才把這個專門製造禍害災難的惡靈留在身邊，才關這間密室安存會召來災難與禍害的卜巴金剛、大鵬金翅鳥與卜巴杵。

這些外族人就是這麼一廂情願的認定卜巴金剛、大鵬金翅鳥與卜巴杵具有無可限量的保護力，於是乎，在他們毀了古王朝，殺光了古王朝子民，搶了王城中的珍貴文物後，然後用這些文物為基礎，自建了屬於自己的宗教體制與系統。在這當中，也許是基於懼怕心理，也或許是害怕別人也會像他們戕害古王朝人民一樣的來殺害他們，所以在他們自建的宗教法門中，闢構出非常多型式各異的「護法」法門，這其中，更包含了他們認定具有無可限量保護力的卜巴金剛法門、大鵬金翅鳥法門與卜巴杵法門，而且為數還不少。就是這個舉動，反而讓卜巴在執行祂的任務時，能夠更明確、更直接的找到目標。這就是前段所講的，國王釋放卜巴攻擊掠奪古王朝文物的目標與範圍變得「失去控制」。因為：

一、他們殺了唯二的兩個可以召回卜巴的人；

二、他們搶了古王朝的文物；

三、他們供奉專門釋放禍害的卜巴金剛；

四、他們大量的複製卜巴杵立在廟堂與家裡；

五、他們廣為使用大鵬金翅鳥的圖案做為守家護宅或莊嚴廟堂之用；

六、這也是最嚴重、最無法收拾的，他們自創的宗教現在被世人尊稱為「藏傳佛教」，一千多年後的今天，藏傳佛教的信奉者遍布全世界每個角落，這些信奉者每一個人都依循創建藏傳佛教時的傳統，要不使用過、要不收藏過、要不立奉過、要不製作過、要不買賣過……卜巴金剛、大鵬金翅鳥或卜巴杵，就是這樣，讓卜巴製造災禍的攻擊力，隨著卜巴金剛像、大鵬金翅鳥像、卜巴杵的無處不在，而無遠弗屆，也失去控制。因為：

①在國王釋放卜巴時，有一句非常明確的指令：「……非我或教**主授命持有、使用卜巴者，祢將讓那些人因為他們錯誤的行為**

而付出代價，我命令祢，即刻起化身攻擊……」

②卜巴金剛像、大鵬金翅鳥像、卜巴杵會被製作出來的原因，是古王朝時期國王讓卜巴協助前線士兵抵禦敵人，做為卜巴出任務時的駐腳處，所以才特別依卜巴型態與特性而塑其像、製其物，然後再將這些塑像與卜巴杵交予將領或領隊隨身配戴，如此卜巴才會依據其塑像與卜巴杵的所在位置，進行干擾周邊敵陣人員之理性與判斷的任務。

現在呢，雖然一千多年過去了，目前流傳在市面上的卜巴金剛像、大鵬金翅鳥像或是卜巴杵，相信都是世世代代依照古王朝時期文物造型的複製品，一般人或許會認為，我只要不持有古王朝時期的文物便會沒事，後來的複製品應該不會受到原始古物之詛咒的影響才對。其實這樣的想法太天真，據我解出來的真相內容，卜巴認定攻擊的目標是「物」，不是「氣」，不是因為沒有了原始古物之氣息，卜巴就會找不到，因為卜巴認定的是「物」的「形」，所以即便是複製品，只要有當初的「形狀」，就會被卜巴輕易搜尋到，然後再以逸待勞守株待免的等著使用者、擁有者前來，然後擾其靈、亂其心、擾其意，讓他（或祂）做出不理性的事。

亦就是說，現在世界各地四處可見到的卜巴金剛像、大鵬金翅鳥像以及卜巴杵，無論是新品還是古董，這些像或物，反而容易召來卜巴，反而替卜巴創造了無所不在的駐腳處，反而幫卜巴建立了一個宛如現在遍布各地的行動電話基地台一般的攻擊網。

根據以上解釋，你說說看，現在還有什麼地方能躲得掉卜巴的籠罩？還有什麼人能避得掉卜巴的攻擊？相信是沒有，因為，現在就連神佛都躲不掉卜巴的攻擊，何況是人。

後話。在前面【解開遺傳千年的法寶】那一篇中提到，有一次去嘉義寺廟擺攤做生意的時候，去到一位建設公司老闆在當地投資開設一間專賣烏龍茶與兼賣宗教文物的茶行，在他的店舖中，看到一件法器，當時對這件法器完全不瞭解，但是目光卻一直被它吸引，當時確定我對它有一種似曾相識的感覺，但是就我當時對宗教文物認識的程度，我完全不瞭解這件法器，但我卻可以為了要不要買下這件法器，前前後後考慮了三個月，甚至還專程開夜車去了兩次，就只為了能再多看它一眼。當時在確定無法購買的十年後，我還為了這件事而特別的跑了一趟，去那家茶行，看還有沒有可能再遇到這件法器。

十年後，我為什麼要特別的跑那一趟？明知道再看到那件法器的機會微乎其微，會跑那一趟，因為我已經知道那件法器的名稱，曉得它的來龍去脈，知道它的淵源，更清楚知道為什麼我這輩子第一眼見到這個造型的法器，不只沒有陌生感，甚至還覺得有一種熟悉的親切感；因為，它，就是卜巴杵。

07

卜巴的幫助

啥？~卜巴的幫助！~難不成可以接近祂甚至使用祂？讓祂幫助我們！前面說了一大堆卜巴的壞話，說祂是災難的象徵，說祂會干擾人的理性，說祂會引發紛爭，說祂會引起人禍……既然祂有那麼多的壞處，那祂怎麼幫助我們？既然祂會讓人做出錯誤的決定，那我們是不是避之猶恐不及，為什麼偏要接近祂甚至使用祂？沒錯！~我們確實可以「善用」卜巴的「攻擊力」來「幫助」我們面對與處理人生道路上的事，順利一點，省力一些！來，聽我道來……

我在《不存在的真實》書中，關於這套書【寫作與出版的來龍與去脈】篇裡有提過，在開始解真相寫文字之前……

我也曾經有小小耍賴不認帳的問：「為什麼是我？現在有那麼多的『高人』在世上，為什麼一定要我來做？」

所得到的答案是：我就像一個圖書館的「值班管理員」，而圖書館的鑰匙現在在我的身上，所以一定要我去把圖書館的門一個一個打開，然後別人才能看到圖書館內一本一本的書。就算有人等不及，直接翻牆爬窗進入圖書館，拿到的書，也會是空白的頁面，或是錯誤的文字，或是扭曲的畫面，因為，一定要用鑰匙把圖書館的門打開，從這個門進入看書，或是書是從這個門拿出來，才能看到書中的真實內容與情境。

沒錯！~對於我能夠解出這些內容，在之前我也曾經刻意的忽視過，甚至直接抗拒過，但是我後來發現，許許多多在他人而言是難解的事情，在別人看來也許是個難題的遭遇，經我一解，就豁然開朗！後來，經過大大小小的事情，我終於「認了」，就認命的來解吧！不過，在決定解時，我對虛空中提出一個要求，那就是既然要我解，那我就要知道全部的事情，就好像在學校讀書，既然要讀，就要讀全部科目的書，而不是只給我看國文和數學，不給我看英文和化學，這樣子我才要開始解。

也許是，我提出的要求准了！在解出《不存在的真實》時，讓我附帶的知道古王朝這段過去，而知曉當年被意外釋放出來的惡靈卜巴的存在。

也或許是，現在剛好是我值班，圖書館的鑰匙歸我保管，我可以拿著鑰匙去開我想開的那個門，然後盡情的去看裡面的藏書，而無意間讓我發現有一個可以重新設定卜巴的樞紐。

這個樞紐，不是可以召回卜巴，或是控制卜巴，或者是減弱卜巴的攻擊力，而是可以針對每一件卜巴金剛像、大鵬金翅鳥像以及卜巴杵，單一設定祂的目標，讓祂把力道都集中在一個特定的點上面，一個可以幫助我們的點上面，這樣子我們就可以把卜巴破壞力，轉變成幫助力。舉個例來說，有一個人無意間讓一頭未馴化的野馬跑進家中的客廳，野馬一入到民宅中，一定就是橫衝亂跳的，撞壞家中裝潢，踢壞家中陳設，甚至踹傷家中的家人……而這個重新設定，不是把野馬的野性馴化，也不是要野馬乖乖坐下，更不是把野馬拴捆起來，而是給野馬一個目標，讓野馬把力氣集中花在那個目標上，而這個目標就是這個人平時難以達到的，譬如說是「從甲地到乙地能夠縮短一半時間抵達」這件事，這麼一來，野馬的精力有地方發洩，這個人又可以藉助野馬無窮盡的氣力，讓自個兒的目標早日達成。

發現了這個設定的樞紐後，我像突然看到新大陸般持續的深入探索，進而發現，一法通則萬法通，這個設定樞紐亦可擴大用於其他的物件上，但本書既然講的是卜巴金剛、大鵬金翅鳥以及卜巴杵，那我們就單純的把主軸放在這個議題上。

●轉換阻力成助力

前面解釋過，現在不少地方不少人因為無心而誤用了古王朝所屬的文物資產，而成為卜巴攻擊的目標，嚴格一點來說，現在已經沒有一個地方不在卜巴的籠罩之下。在我的看法，既然躲不了祂，那就不如面對祂，進而善用祂，借用祂天生的能耐，讓我們人生的道路走得順遂一點。因為，面對問題，就是解決問題最好的方法；主動打開問題，就是解決問題最快的路徑。

前一篇說過，卜巴金剛像、大鵬金翅鳥像以及卜巴杵，無論是古董文物或新製品，一旦持有或製成，就是舉起一支天線伸往虛空中，主動召喚卜巴，告訴卜巴說，這裡有祢的目標，這裡是祢的駐腳點。而我的做法是，我們就刻意的擁有或持有卜巴金剛像、大鵬金翅鳥像或卜巴杵，主動的把卜巴的能量接收下來，然後針對持有的卜巴金剛像、大鵬金翅鳥像或卜巴杵，單件的設定祂的方向，逐一的設定祂的目標，將祂設定為「擁有者的想法就是祂的目標」，讓祂把破壞能量集中在「持有者想要完成的事」上面。

前一篇說過，卜巴的攻擊不是讓人受傷跌倒肚子痛，而是針對人的思考、人的想法、人的理性，讓人容易做出不利於自己或是錯誤決定。我們就是「善用」卜巴這種攻擊特質，把阻力轉換方向，成為助力，來幫助我們心中想要去做的事情，讓我們在著手做這件事情上，能早一點達成目標，讓我們在做這件事情的過程中，能順利一些。

天下事，最麻煩的事，就是「人事」，因為所有的「事」，都是靠「人」去做、靠「人」去經手、靠「人」去處理。如果「人」使性子，或是「人」拗起來，或是「人」刻意刁難，或是「人」放懶不去做，那「事」一定就麻煩。反之，一旦「人」搞定了，那「事」自然就順了！所以「事」的順利與否？不在「事」的難度與多少，而是在「人」的態度與作為。就是這個道理，當我們在善用卜巴的能量時，卜巴不會把力量放在事情的本身，而是針對處理這件事情的「人」之

「想法」與「思考」上面，因為這正是卜巴的強項，卜巴會潛移默化的讓這個「人」在處理這件事情的過程中，心態會積極一點，步調會快一點，態度會放軟一點……這樣子事情就會順利了。

剛剛講的是屬於「正面」的「事」，如果是「對立」的「事」，例如打官司、談業務、講訂單、說買賣、訂合約、擬協議，甚至是有糾紛、喬和解，卜巴所屬專門在擾亂人的思維之能量就更好用了。因為只要擁有了經過重新設定能主動召喚卜巴的物件，卜巴就會依擁有者的想法，去到「對方」那一邊，讓對方處理這件事情的人，做出有利於「我方」的決定，或是露出破綻讓「我方」看到可趁之機，進而於交手中取得優勢。

關於「重新設定」，這樣解釋是不是很難懂？那就舉一個大家較熟悉的例子來說。有沒有看過「魔鬼終結者，第二集」電影？裡面的劇情是說，反抗軍擄獲一個專門殺人類的機器人，然後破解了機器人原本的程式，重新設定這個機器人，利用它的戰鬥力，轉而去保護特定的一個人類，而且把機器人設定為只聽從這個人的話。重新設定卜巴的任務目標，就像是「魔鬼終結者，第二集」中的情節一樣，把原本是人類的障礙，在不變祂的戰鬥力之情況下，轉換祂的任務方向，轉而去幫助人類排除障礙。不過，我可沒有那麼厲害可以像擄獲魔鬼終結者機器人般的擒住大鵬金翅鳥，我只是藉魔鬼終結者機器人來解釋可以「重新設定」這件事，可以讓原本是困擾我們、干擾我們、擾亂我們的能量，把祂轉向成為我們的祕密武器，成為幫助我們完成心中願求的助力。因為，我真的在解讀《不存在的真實》中，發現原本就是整個生命真相中一環的「重新設定」之樞紐，而且它一直都在，也一點都不隱密，只是當它不想被別人察覺時，就看不到它。

有的人看到這裡，或許會覺得偷偷使用祕密武器是不是有不道德的問題？或者這樣子是否缺乏光明磊落？缺乏公平競爭的君子之風？其實不會，因為這個世界上一講到錢，一提到成果，一說到成就，就是殘酷的，就算是慈善單位在募款，也是會希望多多益善的多募到一些款項。在絕大部分的人而言，是不會嫌錢太多的，是希望凡事都是對自己有利的。如果，你與另一個人為了一件事同時競爭，如對方贏了，就表示你輸了；對方得到了，就表示你失去了；對方上去了，就表示你被淘汰了……就說大家較常遇到的談業務、接訂單好了，今天你是一個業務員，要去接洽一張訂單，希望得到對方的首肯而同意採購自家的產品，既然是出門談業務，當然是希望把訂單接回來，如果讓你知道有一股助力可以「善用」，也許是讓採購者產生偏向自家產品的念頭，或是讓與你爭這張訂單的對手自亂陣腳做出有利於你的舉動，而讓你在洽談業務的過程中，能夠事半功倍，能夠比較順利的拿到訂單，那你要不要？是我的話，我就要！

●人杵之間

那，擁有或持有卜巴金剛像、大鵬金翅鳥像或卜巴杵（以下皆通稱卜巴杵），經過重新設定，可以把卜巴的力量轉向來幫助我們，是不是我們就可以一帆風順永保安康？不是這樣的！天下沒有白吃的午餐，只有比較省錢的快餐；卜巴杵的助力不能無中生有，祂只能幫助我們取得命中注定部分的最大值，或是讓我們以比較省力的方式取得命中注定的部分。卜巴杵不會讓你考試得第一名，祂只會讓你以比較冷靜一點的心態面對考試。也就是說，擁有卜巴杵的力量後，並不是從此之後我們什麼事都不用做，好康的事就會從天上掉下來，我們想做什麼事，還是要積極去做，卜巴杵的力量自然會在前面幫你開路，讓你「前進」的速度快一點；或是適時的帶你「後退」，迂迴的繞過障礙；甚至會讓你暫時「停止」，免得掉入別人設的陷阱。

說一個有關卜巴杵的花絮。有幾位朋友買了重新設定的卜巴杵回去，經過一段時間，他們似乎感覺不到卜巴杵的幫助，於是透過具有靈異體質從事「靈媒」服務的工作者，與他們所擁有的卜巴杵對話，想不到每一個人得到的答案都差不多：

「不要一直跟我許願……」
「不要一直叫我去做事……」
「不要叫我去做跟你無關的事……」
「你要做事，我才有事做……」
「不要一直想，你要做，我才有事做……」
「給我戰場，我就給你舞台……」
「不要一直搓我，把我當玩物……」

從以上對話來看，有不少人把卜巴杵想成「無所不能」的神物，或是「太在意」卜巴杵的存在，而一直把心中念頭放在卜巴杵上面，甚至把卜巴杵當成阿拉丁神燈，一直冀望卜巴杵能帶給他奇蹟。

自從我發現虛空中存在著卜巴的能量，經過自個兒親自「善用」

卜巴杵來幫助我這個白手起家沒有任何背景與奧援的小小事業後，我深刻體會，卜巴杵是對人，不對事，祂的著力點是在人的思考，而不在事情的本身。我個人的經驗是，卜巴杵不會幫你做事，祂只會讓你的對手做錯事；卜巴杵不會讓你投資賺大錢，祂會幫你做出正確的決定，避掉一些投資地雷；卜巴杵不一定會讓你心目中的好事成真，但祂卻可以讓你的對手下錯棋，做出有利於你的事。但重點是，一定是要在自己付出全力在做事情時，卜巴杵才會有目標，自己才會感受到卜巴杵的助力。

就依我來說，我個人對於工作，向來是把持「三十年的事情，三年做完，然後另外二十七年輕鬆過日子」的態度在做事。當然的，三十年的事情，不可能在三年做得完，三年之後也不是保證就能輕鬆過日子，我只是一開始就設定這樣的目標，然後就一直埋頭的做。結果呢，雖然這三十年來不是一路順暢，但是也不會如一般人常經歷的「起起伏伏」，而是「起平起平」，也就是說，我的「不好」狀態，不是如一般人的「往下掉」，而是不動的「持平」，待機運到時，又會開始緩緩的「往上」爬，就好像樓梯狀一般。

我個人認為，在工作上我確實很努力，才讓我有今天，不過，不可否認的，在我創業的過程中，出現過好幾次在事後想起來都覺得冥冥中好似有一股力量在牽引著我的狀況，就是：「跑得特別快，轉得特別猛，停得特別急」。「跑」，是指往往比別人早一步拿到優質好貨，或是在很短的時間內看到販售的切入點；「轉」，是指在別人一面倒的特別販售某些熱門商品時，我卻轉往經營大家都不看好的冷門項目，最後獲利最多的反而是這些冷門商品；「停」，是指所有同行都一股腦的走同一個經營模式，我反而在急流中停下來，結果事後證明，我的停止之舉讓我避掉前面暗藏的流沙坑，同時替未來保有更大的衝程。這樣子看來，像不像卜巴杵最擅長的「前進、後退、停止」之能量？沒錯！我個人覺得確實是受到卜巴杵之助，才讓我解出這些真相，寫出這些書籍。但是，如果我個人不這麼積極投入，只想而不做，不用你說結果，我可以自己說，那就是跟不少人一樣，在抱怨政府無能，把經濟搞砸了，才使得自己還在領基本工資，不能賺大錢！

為了讓大家更瞭解「人杵之間」的互動，我用一個現在人比較熟悉的事來解釋，那就是電腦的「系統」，如果你要用電腦上網看新聞找資料，那就一定得要依靠「系統」才行，像是大家熟悉且慣用的「

IE」「Google」或是「Firefox」「Safari」等等。「人杵之間」就跟「人與系統」的關係一樣，系統有強大的聊天功能，但也要你主動出擊，才能開闢屬於你的人際關係圈；系統有強大的搜尋功能，但也要你主動在上面找資料，才能知道天下事；系統有強大的信箱功能，但也要你主動打字傳圖片，才能把你的資訊傳遍天下；系統有強大的社群功能，但也要你主動在版上經營，才能建立屬於自己的版圖。所以說，你不能叫系統去做事，系統是在你開始做事的時候，它才能給予最強大的輔助；你不能跟系統許願，系統是在你開始朝著願望中的事往前走時，它才能提供最強大的助力。

電動腳踏車

對於怎麼善用卜巴杵的助力？我最喜歡用「電動腳踏車」為例來解釋。有一位讀友，為了公司的營運，以及近期內要進行的一個大案子，特別委託我幫她找了一支年代久遠的卜巴杵，安立在公司內她的辦公室座位旁，希望藉助卜巴杵的助力，幫公司的忙。卜巴杵到了之後，公司的大案子也開始進行，沒多久之後，她在個人的網誌上公開發表文章，文中講述公司的案子出奇的順利，原本預料中會出現的障礙，居然一個都沒出現，因此她把功勞均歸給卜巴杵，並直言是卜巴杵來到之後才讓事情變得順利。此外，她也同時到我的臉書社團上，留言說感謝！

看到她的發文、她的留言，我認為成果都應該歸功於她自己才對的回覆她說：

「卜巴杵很厲害，這一點我絕對認同，但主要是妳自個兒肯做、肯動、肯拼，這才是關鍵。卜巴杵再厲害，祂都不能無中生有，祂只能在擁有者所做的事情之基礎上，讓擁有者的心念與願望早一點、快一點達成目的。舉一個例子來說，人生不如意之事十之八九，每一個人在創業與工作這條路上，包括我也是一樣，都是辛苦與艱難的，在工作上所經歷的每一天，要處理的每一件事，都像是在『上坡騎腳踏車』，每一個人的差異在於，「上坡」的坡度不同而已。有的人上的斜坡角度比較陡，有的人角度比較緩，但是每一個人的工具都一樣，就是都要『騎腳踏車』往前也往上的賣力踩。有的人屬於堅持個性，一直努力的踩著腳踏車，終於有一天騎到最上方的平坦地，但也精疲力盡；有的人一開始雖然也是賣力的踩，但是騎到一半因為太累了而停下來；更有些人只站在起跑線上，遙望著無止盡的上坡路，再看著眼前只有一輛必須用雙腳踩的腳踏車，念頭一轉就說不玩了，而放棄在起跑點。而一旦擁有卜巴杵，就宛若『上坡騎電動腳踏車』，妳只要踩三分力，『電動腳踏車』的馬達自然會幫妳推出七分動力，讓妳在『上坡』這條路上，變得輕鬆與快速。但重點是，自己要肯踩腳踏車的踏板，電動馬達才有施力點，才能讓事情事半功倍。如果自個兒都不出力，都不花點力氣踩它，那就算『電動腳踏車』擁有再大輸出馬力，都無法發揮功能。所以，妳自己向來都是全心全意面對自己分內的事，卜巴杵才會『有用武之地』。」

所以，擁有卜巴杵，並不代表獲頒了尚方寶劍，可以無往不利。

哪一天，有心得到一支經過重新設定的卜巴杵，只是表示你所擁有的劍比別人鋒利一點，所有舞劍的招式都必須繼續的使，才能在比較短的時間贏過對手。

●杵，不分善惡

這些年來，我對每一位擁有經過「重新設定」之卜巴杵的人，都會說：「一定要『心存善念』」，因為，卜巴杵不會分辨你的想法是「善」還是「惡」，你只要有想法，也開始做，那卜巴杵就會依著你的想法，以及你做事情的方向，忠實的處理你想法中的事情。亦就是說，你的想法是「正向」的，那卜巴杵就會帶著你的「正向思維」往正面走；反之，你的想法是「負向」的，那卜巴杵就會隨著你的「負向思考」往黑暗鑽。

這些年中有一件印象很深的事，有一位讀友，以往都在版上留言互動，沒有見過面，但是從字裡行間來看，她們的婆媳關係不佳，她這個媳婦與婆婆幾乎都沒交集，見了面也沒有任何親人間的溫情。有一年〈讀書會〉辦活動，她特別來參加，大夥終於見了面。在〈讀書會〉的會客桌上聊著聊著，就聊到她們長年婆媳關係不佳的老問題，固然家家有本難唸的經，但是我在聽她描述婆媳間交手的過程，依我這個局外人來看，雙方賭的就是一口氣，因此誰都不服誰……此外，她也想藉這難得來訪的機會，找一支老卜巴杵送給自己，當然她最大的願望是希望卜巴杵的能量能幫她化解沉痾的婆媳關係。

在找到她心儀的卜巴杵，她專程再來帶卜巴杵回家時，我特別又慎重的跟她說，做人最基本的就是要「心存善念」，尤其是擁有卜巴杵之後，更要把持住這一點，因為卜巴杵是不會管妳的想法之出發點是善還是惡？妳只要想了，也有所行動或反應，那卜巴杵的力量就會隨著妳的想法去到對方那邊去，去幹嘛？當然是去「幫妳完成心裡想的那件事」！我為什麼會這麼再三的叮嚀？主要是跟她見兩次面，見面的時間中有三分之一的時間是在她說婆婆的事，當然都是些不開心的事，我是擔心，她一旦擁有了卜巴杵之後，因為不清楚卜巴杵的力道，又不會拿捏自己心中的想法，以致適得其反，讓婆媳的問題更雪上加霜。

果不其然，三個月後又再看到她，她們婆媳之間的問題，不只沒有改善，反而變本加厲。這次見面有超過一半以上的時間都是聽她講婆媳過招的事……後來我忍不住的打斷她的話，直接跟她說：「卜巴杵只會幫妳做事，不會處理妳的家務事。」接著我很嚴肅跟她說……

「妳心中一直認定妳的婆婆是『惡婆婆』，妳心中一直牢記著妳的婆婆在妳坐月子期間的種種不貼心，那卜巴杵就順著妳的認定與惦記，而讓妳的婆婆忠實的扮演著『惡婆婆』的角色……」

「妳說這兩個月來妳的婆婆一直在街坊鄰居間說妳的不是，許多難聽的話就連妳婆婆的姊妹淘都聽不下去，而出聲幫妳說話，甚至不想再跟妳婆婆互動。但妳有沒有想過這是妳每次回到家都把婆婆當成敵人似的刻意躲到房間不跟她碰面，而卜巴就順從妳的想法，讓妳『心目中這個敵人』在外面自亂陣腳，做出令人厭惡的事，然後眾叛親離自動敗降……」

「妳說經常煮好了早餐，妳婆婆都會故意說現在不餓而不跟你們一起吃，幾乎都是等你們出門上班後才自己一個人默默的吃，妳認為是妳婆婆在給妳難堪，但我卻認為是妳的『潛意識』的力量把婆婆排拒在餐桌外，因為從妳上次來，到這次再來，幾乎都沒有聽到妳說『妳為了婆婆做什麼事但她卻不領情』，而是『妳盡量不去碰她的事免得看她臉色』，所以卜巴杵就會順著妳的想法，而去擾亂妳婆婆，讓她做出『符合妳所期待的事』，那就是她自己避開你們，不跟你們一起吃飯……」

我接著跟她說：

「卜巴杵確實在幫妳，祂在幫妳『對付對手』，而那個『對手』就是妳婆婆；反過來說，卜巴杵不是幫妳解決問題，而是把妳的婆婆弄出更大的問題，因為這正是卜巴杵能量的專長，對手的問題出得越多，妳的贏面就越大！所以妳才會在擁有卜巴杵之後，妳們婆媳之間的問題變得更嚴重。因為，妳對於妳婆婆的想法與態度都沒改變，還是處在『負向』方面的思考，而卜巴杵呢，祂只是忠實的執行祂的工作，把妳的『負向』思考給放大處理。所以說，如果妳不改變自己的想法，把妳婆婆從『對手』『對方』『敵手』這樣的角色中移開，轉換成『家人』『親人』『幫手』，那妳們婆媳之間的問題永遠不能解決，不，是可以解決，是留到下一輩子繼續去解決，因為有卜巴杵的幫忙，會讓妳們解決問題的時間無限延長。所以，就打仗而言，卜巴杵是在幫妳；就妳們婆媳問題來說，那卜巴杵就是埋在泥土中那些一顆顆一輕踩就爆炸的地雷。這就是我在妳當時擁有卜巴杵的時候，千叮嚀萬交代一定要『心存善念』的原因……」

在我連珠砲似跟她說的過程中，難得的向來很是健談的她，居然都沒插話，也沒反駁解釋。到了接近傍晚，她說要張羅別的事，而離開。不過在她離開時，我看她表情是沉重的，沒有醍醐灌頂，也沒有惱羞成怒，所以我不知道我那番話對她有啥影響？

這次是半年後，她的訊息才再接續上。從她的幾則訊息中發現，她們的婆媳關係大為改善，她直白的說，她真的辱沒了卜巴杵這樣神器，因為一開始她真的忘了我跟她說要「心存善念」這回事，她不諱言的說，她擁有卜巴杵的目的不是要改善婆媳關係，而是要讓她婆婆改變，改變，改變什麼？改變成不要那麼敵視這個媳婦，改變一下她看待這個媳婦格格不入的態度，所以在擁有了卜巴杵後，以為身上帶了仙女棒，只要揮點一下，她的婆婆就從母獅子變成小綿羊。沒想到，那天聽我那麼一說，原來癥結根本不是在她的婆婆，而是在她自己，從她一嫁入這個家後，因為與婆婆生活模式與語言習慣不同，她就一直處於敵視狀態，對婆婆的互動上也一直封閉自己，處處顯得格格不入。

那天她離開後，一直到家，腦筋是一片空白；開了門，看到孤伶伶一個人坐在客廳看電視的婆婆，她突然發現，婆婆就跟她的母親、隔壁的伯母、對門的大嬸……一樣，就是個「老人家」而已，根本不是什麼敵人或是對手，反而是她把婆婆當成對手，所以婆婆就成了敵人，說穿了就是她把自己困住了，困在大家都認為「嫁人後一定會有婆媳問題」的「婆媳問題」中……

她說，那天她進了家門，只是跟婆婆簡單招呼一下，就直接進房間，她在房間待了將近一個鐘頭，這一個鐘頭不是在躲她的婆婆，而是在回想這些年她偏差的想法造成不斷摩擦的每一件事……最後，她決定要「改善」婆媳關係，而不是「改變」婆婆習性，所以自個兒換一個心境，出了房門，開始把婆婆當成一位「老人家」，不是母親、不是婆婆、更不是對手，對待婆婆就以「平常心」的態度，不特別的奉承，也不擺臉色；與婆婆的對話，話不多，也不刻意不說……就這樣，不到一個月的時間，想不到婆婆主動對她釋出善意，對這個媳婦的態度明顯轉變，以前那種仇視感完全不見了，取而代之的反而是一種維護，只要她與老公之間有了意見相左時，婆婆一定都是站在媳婦這一邊，不像以前一直在兒子那邊加柴搧火。

她在訊息中直接的表示，現在他們家沒有「婆媳問題」，只有「

婆媳關係」，什麼關係？就是大家把彼此當成「家人」的關係。

看了她的這幾則訊息，我真的替她感到高興，我跟她說，一方面是她願意改，二方面卜巴杵也真的很厲害，卜巴杵會循著擁有者的想法，去到對方那兒，用祂的方法，去完成擁有者心中想要的境界，所以這位婆婆才會在那麼短的時間內也跟著轉變，成為她心目中「老人家」的樣子。

我就是擔心會發生像這位讀友的情況，所以在我推薦大家可以「善用」卜巴杵這樣利器的時候，我一定會再三提醒，要重新檢視自個兒心中對人對事的想法，就算一時間無法確實達到「心存善念」的標準，但最起碼要做到「心無惡想」，因為無論你想的是哪種思維？卜巴杵都會把你心中的想法放大再加深。套一句股市常說的：「選對股讓你上天堂，選錯股帶你住套房。」我把它改成：「存善念會讓你上天堂，有惡想會使你住套房。」什麼套房？就是被自己的心念牢牢套住而陷入無法自拔的黑洞中。

就說一件我自己的事情。在我們的事業剛起步的時候，資金並不寬裕，當時一位認識了十幾年從事業務工作的女性朋友，想要自創公司，因此邀我們入股，而她要求入股的金額，幾乎是我們用於生意周轉金的全部，朋友的這個提案我們想了一個多禮拜，在當時，心中的「理性」告訴我：「不可以，這樣子做太冒險，她要做的事情我們完全不懂，跨陌生領域投資的風險本來就很高，而且這又是我們全部的現金。」但是，天生的「感性」卻在遊說我：「可以啦，我們認識她十幾年了，他們夫妻感情很好，夫婦倆都是和善的人，應該不會出問題的……」最後，我們就在朋友催促趕快下決定的人情壓力下，以及她再三保證如果公司沒賺錢她一定會想辦法保住我們投入的股金不讓我們有損失，而在「相信」的基礎上拿出我們全部的生意周轉金，投入她新創的公司中。

想不到，擔心的事還是發生了，不到一年，她就通知我們說，公司要結束了，因為錢虧光了，如果我們不想公司結束，那就必須再投入資金才行，我們就處在被人掐住脖子的情況下，不得不認賠的看著我們辛苦存的錢付諸流水。但後來得知，這間新創的公司，所有資金都是他們夫妻倆向外募來的，他們夫婦幾乎沒拿出錢，不知道是不是這個原因，使得他們並沒有珍惜這一大筆錢，而任意的揮灑。在公司結束後，他們夫婦還是繼續住在原本的高級住宅區，繼續過他們優渥的日子，對於這些相信他們而投入資金的股東們，完全沒有任何的愧疚，或是提出任何說明，見了面也當作完全沒發生這件事。因此，我對這位熟識十多年的朋友感到十分失望，枉費我們對她的信任，讓我們有被親近的人背叛的感覺，在往後的幾個月中，我的心中就一直強烈的想著，應該要讓她也嚐嚐「眾叛親離」的滋味。

令人意外的是，半年後再聽到她的消息，是她割腕自殺的被送往急診室，而且不止一次，原來她的老公結了新歡，而她就用傳統「一哭二鬧三上吊」的激烈手段欲挽回婚姻。再過了半年，在朋友圈再聽到她的消息，更慘，她的先生把房子拿去超貸，拐跑了所有的現金，房子被銀行法拍，她也被迫離婚，家破了加上沒房也沒錢，她自個兒一個人在夜市擺攤賣小飾品……當我知道她的淒涼慘狀時，我不只沒有幸災樂禍感，反倒是有了一個警惕，那就是她的不幸，不要是我的心念，加上配戴的卜巴杵造成的才好。他們縱有不對，應該是由老天爺與因果去治他們，而不是同為凡人的我；他們的一敗塗地，也許是他們的福報享盡而樓失人散，不應該是由我報復的心念在執行。

就是這一件事，讓我對「心存善念」有了深刻的體悟，也就是從那一件事以後，我就隨時提醒自己，對人對事，或面對曾經辜負過我們的人，縱使無法達到「心存善念」的標準，但最起碼一定做到「心無惡想」，尤其是隨身有佩戴卜巴杵的情況下。

●自己走向災禍

話題再轉回卜巴杵上面。前面說過，古王朝在被毀之前，國王下了一道指令，要惡靈卜巴去攻擊未經允許而擁有或持有古王朝文物與資產的人，然而一千多年過去了，經過不斷的散播與複製，相信屬於當時古王朝資產的複製文物現在到處都有，這時候一定有人會說，當年古王朝人民也不是我殺的，古王朝的文物也不是我搶的，現在我所擁有的文物，就算是屬於當時古王朝的文物，這也是我花錢買的，它是經過正式公開的交易管道銀貨兩訖而歸我所有，在買這件文物時，我也沒虧欠一毛錢，甚至還讓商人賺了錢，讓他可以養家活口，說得更遠一點，我付錢買物更促進了整體的經濟循環，就我來說，我應該是對社會有功勞才對，怎麼到頭來變成把惡靈卜巴的詛咒也跟著文物一起帶回來，這樣說起來似乎沒有道理，對我也不公平。

沒錯！~我就曾經這樣想過，所謂「冤有頭，債有主」，如真要還，也是當年親手殺了古王朝人民的那些外族人去還，為什麼這筆帳算在一千多年後的人身上？而且幾乎每一個人都受到牽連！後來搞懂了才知道，原來所有的事情都其來有自，尤其是「當年的事，關我現在什麼事」這件事情，其實都是「自找的」，因為這都是「自己去招惹當年的詛咒」，是自己走向災禍的攻擊中，才會把自己給捲進去！因此就不能用「公不公平」的標準去衡量。怎麼說？答案就是「接觸宗教」！

現在的人，不知從什麼時候開始，有相當大比例的人把「接觸宗教」當成慣性，儼然是生活中的一部分。我在《不存在的真實》書中講述【生活道場】一開始寫了一段類似下方的引言：

「從古到今，沒有人真正的見過『佛』，也沒有人真正的遇到『菩薩』，更沒有人曾經與真正的『神』在馬路上擦身而過，或是站在公園寒暄；但是，大家卻把人生的最高境界與最終目標，設定在祂們的身上。

人們把『神、佛、菩薩』界定在虛無抽象的空間，再把現實生活中的精神空虛，物質世界裡的跌宕起伏，完全寄情於這個空間。

這種對『神、佛、菩薩』境界的追求，轉成擬人化的崇拜；進而出現了：『佛像』，它代表的是神佛之肉身；『經文』，它表示神佛之語言；『廟堂』，它寓示著神佛之精神。如此這般的，一再虛虛實實的交替轉換。而，僧俗眾生，無一不是窮其畢生精力與才智，兢兢業業的經營著這項他們心目中的善業功德。

他們都以為，這就是修行。」

就是這樣的心態，大家把生活上諸多不如意的心情尋求宗教的解釋，但是，在實際接觸宗教的過程中，對於宗教中存在已久種種不合理的行為又刻意的忽略，甚至還替這些不合理的行為找出看似合理但其實很牽強的解釋。於是，家中的宗教物品越來越多；去佛堂、上教堂、跑道場……的時間越來越長也越常；每天持咒、念經，讀經文禪語……的次數越來越密集；跟著朝聖團、進香團、禪修班……四處行腳的天數越拉越長。時間久了之後，家庭與宗教幾乎連成一氣。原本古王朝的卜巴災禍詛咒，自然的也就伴隨著家人「接觸宗教」與「擁有文物」而瀰漫在整個家中，也跟隨著家中每一個成員。

那，要怎麼擺脫原本古王朝的卜巴災禍詛咒？簡單，唯有「離開宗教」，不只人要離開，心也要遠離，才能徹底擺脫。我本身因為所從事行業的關係，以及個人的興趣，深入宗教三十多年，我發現，只要安於本分，就能夠獲得宗教無法給予的平靜；只要做好分內的事，就可得到無數貴人的協助；不接觸宗教，不會怎麼樣，反倒是接觸了宗教，才讓平靜的生活橫生枝節。所以，要擺脫麻煩，就離開宗教。

那，如果下定決心離開宗教，不再接觸宗教，但是對於遍布在我們生活周遭各式各樣的宗教物品，甚至是宛如空氣一般根深蒂固在人們心中的宗教文化，例如我們到樓下的商店買東西，商店的大門上貼著一張印有「卍」字圖案的吉祥標語，那我們到底要不要走進去？或是家中神桌上供奉多年的神像一看就有藏傳佛教的影子，那我們到底要不要繼續供它？甚至我們去佛具店買的神桌上用的全新神像，根本無從知曉它是不是從古王朝的文物複製來的，那我們到底要怎麼辦？我們要如何避掉前面講的那個古王朝的詛咒？

其實是有辦法的，這就是寫這本書的目的。所用的方法，不是消除，不是阻擋，不是封鎖，更不是妥協，而是用轉移，用「疏洪」的原理，把災禍轉向。

●疏洪轉災禍

如真要說誰最會遭致惡靈卜巴的攻擊？我相信沒有人的箭靶會比我的大，因為我是賣古董的，尤其賣的又是「宗教類古董」，說真格的，我的古董店中，滿間都是宗教古文物，而且陳列架上以及儲藏櫃中，非常大的比例是屬於藏傳佛教風格的古文物，那我的古董店豈不是「卜巴的最愛」!?

跟各位說，真的是這樣，我的古董店正是卜巴最愛來的地方！那你問我怕不怕卜巴來執行當年古王朝的詛咒？在以前我還沒解出這段古王朝的祕辛時，我不怕！那是因為不知道，所以很「憨膽」的說不怕！要是那個時候就知道，我一定怕！甚至怕到立刻轉行不賣古董都有可能。但現在知道了這段過去，也確實知道卜巴宛如無人機般的一直在虛空中找尋攻擊的目標，那我擔不擔心卜巴認定我的古董店就是個大目標？不瞞大家說，在解開《不存在的真實》，知道了全部的來龍去脈後，我就不擔心，因為在我知道生命真相的同時，也知道如何

「與祂共處」的方法。

這個方法不是擺脫，也不是把自己包起來不受干擾，而是設一個如同天線般的「接收」點，把屋內或店中卜巴的能量主動召引過來，然後再如同電腦「設定轉址」功能一般的，把卜巴的能量設定轉向往一個固定的目標。

咦？固定的目標？這就表示這個目標四處可見？沒錯！這個目標不只四處可見，而且還人人都有；這個目標，就是人的「心念」，人的「想法」，卜巴會隨著人的「心念」，轉而去執行這個人「想法」中的事；而這個如同天線般的「接收」點，就是「卜巴杵」；而那個如同電腦「設定轉址」功能，正是我在前面一直說的「重新設定」；

而這個如何「與祂共處」的方法，就是我在解讀《不存在的真實》過程中，被我發現的那個「樞紐」，那個可以「重新設定」卜巴方向的「樞紐」。

這個做法的原理好像是建「疏洪道」一般。當我們面臨持續而來的大洪水，用建築堤防的方式去阻擋都無效情況下，那就只能用大禹治水的方式，用疏導的，設立疏洪道，把人力無法對抗的大洪水，導引往特定的方向，如此一來人民的財產就可避掉災難，不被破壞。這個疏導也如同「架設風力發電機」的邏輯一樣，當我們處在一個隨時都有強勁風力吹襲的環境中，我們以人之力無法改變大自然氣候，無法叫風不要吹，不要破壞房舍作物，但又不得不住在這樣的環境中，那怎麼辦？簡單，那就把風的力道拿來用，用在對百姓生活有幫助的地方，那就是在風力最強勁的地方，架設一台又一台的螺旋槳式風力發電機，主動的去「面對」風力，把風的動力轉換成電力，然後再把電力傳輸到人民百姓的電器用品上，達到「借力使力」的境地。

也就是說，這個可以「重新設定」卜巴方向的「樞紐」，可以把「阻力」變成「助力」，可以把會傷害我們的「大洪水」變成讓我們得以「順水行舟的大推力」；把無時不在的冷冽峻風，轉化成可以讓我們過得更舒適的電力。這，就是我們佩戴卜巴杵的目的，也是我們在無法擺脫卜巴能量的籠罩下，主動的面對祂，與祂共處的方法。

正如前面〈人杵之間〉章中所說的，我在確定卜巴的災禍能量存在之後，而我的古董店是祂的大目標，後來找到「重新設定」卜巴方向的「樞紐」，知道如何「與祂共處」的方法，進而「借力使力」的把卜巴的能量善用到自己生意的經營上，雖然這三十年來不是一路順暢，但也不會如一般人常經歷的「起起伏伏」，而是「起平起平」，也就是說，我的「不好」狀態，不是如一般人的「往下掉」，而是不動的「持平」，待機運到時，又會開始緩緩的「往上」爬，就好像樓梯狀一般。我深刻的感受到，每當在經營上出現轉折點時，就感到有一股力量把我往某一個方向推，這個方向，幾乎都不是大家看好的方向，反而是大家都認為的死胡同。例如：

●我在古董市場低迷許多同業見風轉舵的轉往經營其他項目的時候，我反而固守陣地，把沒客人上門的時間拿來埋頭寫書；

●我在市面上沒有多少人喝普洱茶狀態下，寫了一套《天地方圓普洱茶》的書；

●我在市面上一面倒主張「要健康、就要動」的運動風潮下，我反而出版了一本強調「運動≠健康」的《生命基金》，以及根本不用運動就能夠達到「健康瘦」的《一定瘦》；

●我在普洱茶市場極度冷淡的時候，取了【老茶房】為暱稱，在網路上大力推薦喝陳年普洱熟茶；

●我在古董市場上大家一頭熱的買賣高古玉器與瓷器時，反而默默的去收集老琥珀、老天珠……等等的老珠子；

●我在茗茶市場上大家一窩風拋售老普洱茶換買名家紫砂壺的時候，反而像鴨子划水般的一直撿別人拋出來的老普洱茶；

●我在中國大陸經濟開始熱絡古董界瘋傳「留在台灣等死」的氛圍下紛紛棄守台灣市場而到大陸開店的時候，反而留在台灣甚至加重經營規模買了大家都認為是錯誤決定的店面……

事後證明，我在古董事業上與他人「反其道而行」的做法，是對的！因為在每一個轉折點所選的方向，都是未來即將要興起的。我在事後回想，在每一個轉折的當下，我認為依我當時的人生閱歷應該做不出那麼深遠又睿智的決定，所以我深深的認定，是有一股「與他人不一樣思考」的力量在帶著我走那個方向。我確信，就是「卜巴杵」從虛空中接收而來的能量，然後再牽引店中文物原本就存在的能量，一起往同一個方向釋放，而造就出我現在的結果。

上面說的是我的經營過程與現況，我個人最清楚，那其他的古董同業呢？或許有人認為應該也是有古董店的狀態也是跟我一樣吧!?關於這一點，我體驗就深了。對於以前的古人，我沒見過，就不說了，就講現在的人。我是賣古董的，經營古董行業三十多年，我看過太多的古董同行、古董收藏家，還有設立私人古董文物博物館的企業主，就我有接觸的，最後的整體結果都「不好」。在一般人認為，那也許是經營不善，那應該是大環境影響，那可能是投資錯誤……但在我看來，這是「卜巴」的能量在干擾。

因為在古董領域中的項目，占有非常大的比例是宗教類文物，所以，經手的文物、買賣的古董，收藏的物件……都會碰到、買到、賣到、收藏到……宗教類文物。而在宗教類的古董文物中，屬於當時那個古王朝所擁有的「本教」文物的復刻版或複製品或複印品又占了絕大多數，所以，店中的宗教文物擺越多，家中的宗教古董藏越多，展示櫃中陳列的宗教藝術品越多，就表示升起越多支召喚卜巴前來的天線，無形中讓這個地點成為一個卜巴的大目標。在我從事古董行業這三十多年期間，實際接觸過不少護持宗教、接觸宗教、宣傳宗教、買賣宗教文物、收藏宗教文物的人，幾乎都是年少風光，中年風發，但是到了後來，絕大部分都會出現一個缺憾，要不晚景淒涼，要不妻離子散，要不家道中落，要不六親關係不佳，要不親人形同陌路，要不在世時家財萬貫往生後親人爭產四分五裂，也就是說，就我接觸過的人，很少人能從「與宗教有關係」的領域中全身而退的。

那，我有沒有跟他們說過我所知道的？有，我都嘛有講。比較熟的，就明講或是說多一點；沒那麼熟的，就用暗示或隱喻的。我都跟他們說，全天下可買賣、可收藏的古董文物藝術品那麼多，不一定非要宗教類古董不可。宗教文物雖然美，藝術價值也高，但因為在這些文物當中，會帶有一般人難以控制的能量，所以在沒確定可以找到「

重新設定」的方法把伴隨在文物中的能量作安全疏導之前，都建議他們少接觸或是少買賣宗教類古董文物。

不過，幾乎每一個人都不信，沒人理會我，也沒人追問我是怎麼回事？就這樣，賣的照賣，買的照買，收藏的繼續收藏。而我呢，則是看著那些古董店、古董同業、古董收藏家……一個個凋零。固然，大家年紀大也是原因，不過，這種現象在其他行業中，或是沒有宗教色彩的領域中，像這種異常凋零的現象卻不常見。最後決定，把這事兒，寫在這兒，讓還有緣的同業和藏家，提供一個再知道的機會。

●權限

既然說到這兒，那我就預先回答一個大家都會問的問題，那就是可以「重新設定」卜巴方向的「樞紐」，到底是什麼？是什麼法子？是怎麼設定的？事實上這個問題無時無刻都有人問我，尤其是我在推薦大家配掛卜巴杵，「善用」卜巴杵的能量時，差不多都會被人問一次。但是，我每一次都是兩手一攤嘴一抿頭一斜的，露出我不知道該怎麼解釋的神情。

其實不是我不回答，或是我刻意藏私祕而不宣，實在是這在彼此的理解上有一段距離。打個比方，今天有一場以「3D」方式播放的電影，若想完整看到電影的內容，就必須戴上專屬的「3D眼鏡」才行。

如果你沒有佩戴「3D眼鏡」，進到播放「3D」電影的電影院，是看不清楚電影的內容，也看不懂電影的劇情。就算旁邊有一位佩戴「3D眼鏡」的人同步跟你解釋劇情和內容，你還是會一頭霧水的。就是像這樣的情境，不是我不說，也不是我不講，而是當有一天，你戴上「3D眼鏡」後，你就一目了然了。

我解出來的《不存在的真實》，說它是「不能說的祕密」一點都不為過，我也曾經質疑過，為什麼以前從沒被人解出來過？後來才知道，關鍵在於「權限」，也就是當老天爺要讓這「不能說的祕密」公開，自然就會下放「權限」到人間，然後再於適當的時候，讓有「權限」的人去把這個宛如「潘朵拉的盒子」給打開。這就好像一個國家的安全局中，內部資料分成很多機密的等級，內部人員的權限越高，就能開啟越機密的資料夾，閱覽當中的機密資料，當權限沒達到某個標準的人員，那他就只能看到他權限範圍內的一般資料。而我，我不知道我被賦予的「權限」有多高？但我確實知道的是，我可以輕易解出旁人難以理解的生命真相內容。而這個「權限」能維持多久？我也不知道，只是我很確信，目前還有，所以我才能解出現在這本關於卜巴杵的書中內文。

我相信，在這個世界上，一定還會有其他被賦予「權限」的人存在，只是，或許是我的手腳比較快，也有可能是我處在如同我在個人寫作緣起中說的，對於現實生活中諸多不合理的行為已經忍無可忍的狀態下，而心一橫的把一直掛在胸前的鑰匙插入封存千古祕辛的鑰匙孔中，一轉，才被我先解出來《不存在的真實》，也同時被我先看到可以「重新設定」卜巴方向的「樞紐」。

所以，哪一天你也戴上「3D眼鏡」的時候，你就會看到了，不只是看得到「重新設定」的「樞紐」，包括很多別人不知道的事，你都會知道。現在，就算我說三天三夜，還是無法把影片中的立體情境說清楚。所以，現在就別為難我了，別再問那個「樞紐」到底是啥？

08

杵的類型

當我找到這個可以「重新設定」卜巴方向的「樞紐」之後，一開始是很生疏的陸續針對自個兒所擁有的「卜巴杵」進行重新設定，因為我滿間古董店中的宗教文物可是卜巴的最愛吶！久了之後，我赫然發現，這個「樞紐」還有像是「進階版」的功能，可以再進一步針對每一支的屬性，在「方向不變」的原則下，進行「目的功能」的設定。我為什麼會知道？其實這說起來有一點勝之不武，因為那是我暗地裡用別人「專門測試人體能量」的醫療儀器還有私人氣功團體在上「體感測試」的課時證實的。

那一陣子，市面上剛興起一種由一位德國醫學博士發明叫做「生物能療法」的新式醫學理論，它的做法是透過一台能夠偵測弱電的儀器，測量人的雙手每一個部位的穴道所釋放出來的磁場強弱，統合全部的「數據」後，推算出體內器官的健康狀態以及疾病症狀。然後再依照整體的磁場現況，逐一的測試每一種配戴在身上的物品，以及每一種吃入口的食物、健康食品、藥品……對身體產生的變化與影響，進而從中找出最適合身體的配戴物品與食品，以達到健康、養生與調理的目的。

還有就是因為我從事的是宗教類古董行業，在接觸的人當中，除了宗教界人士之外，有很大的比例是有在打坐與練氣功的人，在這些人之中，又有少部分是屬於志同道合的自行聚集在一起，針對某一些玄學議題進行「能量體感測試」，說得直接一點，就是利用自個兒對「氣」或「能量」能夠確實感應的底子，針對特定的物品進行體感測試，然後相互交流，藉此找到或找出對於身體健康或是氣血運行能夠達到最大效果的物件。這在一般人聽起來一定覺得很玄，不過在我接觸玄學領域過程中，確實碰到過有這種能耐的人，而且準確度還挺高的。

而那個時候，我的古董店中有幾位常客，分別對「生物能儀器」測出的「數據」，還有利用氣功「能量體感測試」非常著迷，所以他們要買任何東西，或是佩戴任何物品，都會去「測一下」，或是「感應一下」，唯有得到他們滿意的「數據」或「能量」，他們才會買或佩戴。不意外的，他們來我的古董店中買的古董文物，尤其是「卜巴杵」，也是會拿去「測一下」或「感應一下」，而且一開始就講好，如果「測試」或是「感應」的結果不是他們想要的，那我得允許他們拿回來換其他的文物。剛開始時，我沒想那麼多，買賣交易講求的是童叟無欺，我只要賣出去的文物，是真品，價格又公道，自個兒問心無愧，我就不怕他們拿去做什麼測試，所以也同意他們「換物」的要求。

但想不到，拿十件東西出去，他們會留下來的不到三件，其他的就會拿回來多退少補的換其他的文物，然後再拿去測試，然後再退一半回來，就這樣當時那段時間被搞得人仰馬翻。想不到我在古董上累積的經驗，居然敵不過一台人造機器跳出來的數據或是人為主觀感應的結果。後來想想這樣下去也不是辦法，繼續這樣搞下去，大家以後都沒生意做，都得要看機器的臉色。於是乎，我開始在客人來買「卜巴杵」而且是講明要送去測試之前，我先從側面去瞭解他們的願求，然後先行「重新設定」，而且是試著往他們心目中的目的去「設定目標」，再讓他們帶走拿去測試。這招果然奏效，拿出去的卜巴杵，幾乎沒有再回來的，偶而會退回來，是結果很滿意，但客人希望得到更「強悍」的卜巴杵，所以加價又加碼提高標準。

就這樣，客人來來回回的把我古董店中的文物拿去做測試，而我呢，則是每一次都暗中的「重新設定」往他們心目中的目的去「設定目標」，然後再於事後不經意問他們測試結果，最後證實了這個「重新設定」的「樞紐」，在「方向不變」的原則下，進行「目的功能」的「進階版」設定功能是存在的，因為測試的結果都與我暗中設定的目的是一致的。而我每一次做這樣的「重新設定」，我都沒有跟客人明說，目的就是不希望客人有先入為主的觀念，而影響了他去測試的結果，因此那些經營「生物能穴道檢測」的業者，和擅長氣功能量感應的人，並不知道我「善用」了他們的設備和他們的能耐，發現了也證實了古王朝的祕辛中遺留下來的稀世法寶。

這其中有一件讓我印象最深的事，就是有一位常客，有一天跟我約時間要來古董店拿一件預定的卜巴杵，因為價格不低，所以我跟他約好傍晚時當面交給他。我原本計畫是在交給他的同時再進行重新設定，所以午飯過後我就出門辦一件事，但想不到他提前來，我還沒回來，於是顧店的妻子把卜巴杵交給了客人。客人走沒多久，我就回來了。過了半個多鐘頭，客人急急忙忙的把剛取走的卜巴杵送回來，說這支價格不低的卜巴杵測不到能量，感覺是空的，所以要回來換。我當時一聽，心中暗自的說，那是你提早來拿，我還沒重新啟動設定，你當然測不到！不過心裡的話和實際情況我並沒有說出來，我只有假裝被人抹黑的跟他說：「哪有這種事？這一定是你在測試時有什麼干擾！我不信，那你再拿回去測一次，要是再測不出能量，那這支卜巴杵我就不收錢，送給你！」客人一聽，也許是看我跟他賭這麼大，於是拿著卜巴杵又去到他熟識「專門測試人體能量」的地方再測一次。這一次更快，不到半個鐘頭他就打電話來說：「怎麼會這樣？剛剛明明測不到任何能量，為什麼現在卻是呈現能量飽足狀態……」這樣的結果我一點都不意外，因為我在他剛剛把卜巴杵送回來時，對這支卜巴杵補做了重新啟動和他心目中目的的功能設定，當然就會呈現「符合大家期待」的結果。卜巴杵一點都沒問題，問題是在他來早了！

後來，宗教古董買賣越來越久，認識的人越來越多，其中不乏具有敏感體質、靈異體質，甚至是已經被證實具有神通能力的修行人。

每每遇到這些「與眾不同」的人，我都會把握機會用各種方式，「善用」他們「與眾不同」的感應或觀看能力，來交叉驗證我所採行的「設定啟動」與「儀器測試」的結果或方向是否吻合？當然的，為了避免預設立場，絕大部分的時候他們都不知道我與他們探討玄學其實別有目的。不意外的，他們看到的異象以及所感應到的能量現象，與我設定的方向與目的，幾乎都一樣。

最令我振奮的是，有幾次是與正式從事「陰陽互通」工作的「靈媒」工作者，針對幾個不同性質的案例，取用不同屬性的卜巴杵，以「同步」的方式，我重新設定卜巴杵的目的，他觀看卜巴杵能量的現狀，看是否一致？而且，為了讓測試的失誤率降低，我們不事先沙盤推演，我不事先講出目的，而且我們還「不面對面」，特別採用「電話連線」方式，我在電話這一頭，用我所知的方式進行設定，但是我並不說出我做了什麼？或是設定了什麼？而他則是用與生俱來的特異能力，在電話那一頭遠端遙控觀看卜巴杵所釋出能量的變化，接著他就說出他用特異能力看到卜巴杵對於「設定目的」的狀態。幾次交叉驗證下來，成功率幾乎是百分之百。尤其是善用卜巴杵的攻擊能量，重新設定在「摒除祖先遭到孤魂野鬼欺凌」的功能上，更是出現立竿見影般的效果。

就是在這種越來越熟練的狀態下，我對於每一件從我古董店中賣出去的文物，尤其是卜巴杵，都會做「重新啟動」和「目的功能」的設定，這麼做的目的無他，就是我對每一件從我手上賣出去的文物負責，我希望每一件從我手上賣出去的商品都是呈現「好物」的狀態，不希望看到客人因為跟我買了古董而把不好的能量也一起帶回家，連帶的出現什麼不好的事情。不過，我做這件事情只有少數幾個客人知道，絕大部分的客人我都沒有跟他們說我做了這件事，因為我是希望客人是喜歡這件文物的藝術價值而收藏，而不是為了得到這些設定功能而購買。

不過，最近好幾位讀友在身上配掛或在家中安立經過重新設定的卜巴杵之後，因為身受其利，所以各自在網路上公開發表了親身體驗分享文，而使得越來越多的人開始對卜巴杵這件玄妙之物產生興趣，更讓不少人與起擁有一支卜巴杵的想法，而紛紛透過各種管道詢問我關於卜巴杵的事情。但我發現，有很多朋友對於卜巴杵存有過多的期待，甚至曲解卜巴杵的真正用途，甚至是過度放大卜巴杵的功能，以致經常造成擁有了卜巴杵之後反而出現「人鬱卒，杵鬱悶」的尷尬場面，這樣子不只多花了冤枉錢，又得不到卜巴杵的真正幫助。我看這樣下去也不是辦法，最後決定，乾脆來寫一本關於「卜巴杵」的書，把我解出來的、把我知道的、把卜巴杵的能量源頭、把我們怎麼善用卜巴杵、把卜巴杵與人之間的互動模式、把卜巴杵是用什麼方式幫助擁有者、把卜巴杵依目的性不同有哪幾種類型……一次把它寫清楚，讓以後想擁有卜巴杵的朋友，有一個依循和參考。

行文到這兒，就來說明卜巴杵依我們生活上目的性不同，大致上有哪幾種類型。在古王朝時對於不同使用目的之卜巴杵是什麼名稱？我不知道，現在只能依照使用目的，用我們熟悉的字眼以及大家慣用的稱呼定名之。

•小杵之主杵

這是我個人依照單一目的而第一個發現也是我個人第一個取而善用的卜巴杵。

「小杵」，顧名思義就是體型尺寸較小的卜巴杵，是隨身配戴，祂就像貼身防護罩，走到哪兒，就防護到那兒！也猶如個人的貼身雨衣，這就好像我們不能叫颱風不要來，但是我們可以穿著連身雨衣走在路上不會被颱風雨淋濕。依我個人佩戴後的體驗，如要用一句話來形容「小杵」，借用一部電影的名稱，就是：「最安全的鋼鐵人」，因為這正是卜巴最擅長的地方。在前文【卜巴的來由】篇中講到：「**卜巴祂原本是維持這個大地運作一種特定功能的一股能量，主要是在**

控制、管理與維護每一個大地生靈的『靈性』不要遭到侵擾，同時不要讓外在的『異靈』任意入侵生命體，隔絕不屬於這個生命體的『外魂』輕易奪取體內的『精氣神』，讓每一個生靈在這個大地上都能依照其『因果』軌跡走完每一個階段的生命。」而隨身配戴過重新設定的「小杵」，就如同把卜巴的「原始功能」隨時下載到自己身上，讓「靈性不要遭到侵擾」「不要讓外在的異靈入侵」「隔絕外魂奪取體內的精氣神」這個效能達到滴水不漏。

一般而論，如沒有太多其他需求的人，都只要佩戴一支「小杵」便足夠了。因為祂是一個人「主要的杵」，所以亦有不少人稱祂是「主杵」。

「小杵」一經過重新設定，祂的能量就會與配戴者的心念連成一氣，祂會依照配戴者心念中想做的事，用祂的方式去執行。我以前要解釋「心念連成一氣」都要講很久，但聽的人卻不一定立刻就懂，甚至解釋很多遍還是搞不太懂。後來看到一部電影，當中兩段劇情，真的太吻合我所稱「人與杵心念連成一氣」的情況，那就是〈阿凡達〉這部電影中，關於騎「靈馬」，以及駕馭「靈鳥」這兩段劇情，就跟那種狀態一樣。

在〈阿凡達〉電影中騎「靈馬」以及駕馭「靈鳥」都不需轠繩，而是把「靈馬」或「靈鳥」充滿神經的長鬚，與潘朵拉星球上的納美人天生賦予同樣是充滿神經的長尾兩相一結合，神經對接上，納美人的心思立刻與靈馬的思維連成一氣，於是不用轠繩拉左或扯右，單只要靠「意念」去想，就可以輕鬆的讓靈馬走左、向右、奔馳或跳躍。而駕馭「靈鳥」也是一樣，納美人只要把充滿神經的長尾與「靈鳥」的長鬚對接上，同樣的就可以用「意念」去駕馭「靈鳥」，飛上、下降、俯衝與盤旋……

一旦「小杵」與「擁有者」之間重新設定連結，「人」與「杵」的心念就會緊密的結合，就像〈阿凡達〉中的「靈馬」和「靈鳥」，「人」根本不用開口說指令，更不用心中下命令，只要心裡想著欲做的事，同時也身體力行的去做，「杵」自然的會依照配戴者的心念中想的事，或是心中想的人，去針對那個人或那件事，去讓他或它，盡量配合配戴者心目中的標準。

對於「人」與「杵」之間，還有一種情況，我以前也是要解釋很久，那就是卜巴杵在設定時一定要有「一個目標」，這樣子才能把祂的破壞力固定在「一個方向」，不要四處亂竄，而這個目標就是擁有者的心念，借力使力的讓卜巴杵去幫助擁有者完成心目中的事。也就是說，卜巴杵一經設定到一個固定目標後，就主觀而言，這支卜巴杵就歸這個人「所用」，一定不能借別人使用，就算是配戴一下，或是借戴個幾天都不行，而且是絕對的不行！

記得嗎？卜巴杵是召喚虛空中幻靈卜巴的天線，而這支卜巴杵經過重新設定與這個人連成一氣，幻靈卜巴被召喚來的時候，祂會依照這個人的心念而把能量往心念之目的方向釋放，如果這支卜巴杵突然換了一個人配戴，又沒有經過重新設定，那卜巴杵還是依照原本的設定認定原擁有者才是與祂連成一氣的人，而認定換人配戴的這個人是未經允許的掠奪文物者，所以就會觸動當年古王朝國王下的指令而發揮祂的專長，就近攻擊這個臨時配戴這支卜巴杵的人。就像電影中的「靈鳥」一樣，「靈鳥」一經選定可以乘騎牠的納美人，那「靈鳥」終其一生就只效忠那個人，也只讓那個人乘騎，如果另外有人想要騎乘已經選定主人的「靈鳥」，那牠們就會攻擊想要騎乘的那個人。

我在發現卜巴杵可以重新設定，也知道卜巴杵那種「不分善惡，只認指令」的特質後，對每一支我經手的卜巴杵，尤其是已經重新設定啟動的卜巴杵，我都會跟擁有者再三、再三的交代，一定不要出於好心，或是基於好奇，而把自己的卜巴杵借給別人配戴，或是任意與別人交換配戴，甚至是贈送給別人，就算是夫妻、父子或是母女都不行。如果有特別原因必須換人佩戴時，也一定、一定要再經過重新設定，改換擁有者才行。

就有幾對一起選購屬於自己卜巴杵的夫妻，回去後不信邪的彼此交換配戴，結果都把他們搞得人仰馬翻（這都是事後他們親口跟我說的）。因為原本各自擁有的卜巴杵，突然未經重新設定的換到另一個人身上，卜巴杵當然就是發揮祂的專長，跟電影中的「靈鳥」一樣，卯起來攻擊這個祂不認識或是與祂沒有連結的外來者。都是在他們發現狀況好像不怎麼妥當，戴回原來經由設定屬於自己的卜巴杵後，整個人像是醒過來，夫妻間無名「對尬」的狀況才解除。

後來，有幾位「以身試法」的客人沒好氣的跟我抱怨，這個東西既然是他買的，在法律上就認定他已經具備了「所有權」，那為什麼不能任意支配它的去向？就連合法登記產權且受到政府保障的土地房子，買了之後都可以任意借人住，甚至無條件送給別人，為什麼卜巴杵不行？

我跟他們解釋，沒錯，東西是他們花錢買的，他們理當「擁有」這樣東西，不過，他們所「擁有」的是卜巴杵這樣「物品」，而不是「卜巴的能量」。世界上沒有一個人可以「擁有」卜巴的能量，連我都沒有這個權限。自個兒花錢買的卜巴杵當然可以送人，不過透過這隻卜巴杵從虛空中接收下來的「卜巴能量」，經過重新設定目的後，祂可是「認目的，不認杵」。舉一個例子，科幻動作片中有一種「指紋辨識手槍」，這種手槍一經特定使用者「指紋設定」之後，從此這把手槍就只有這個人握起來扣扳機才能發射子彈，倘若被其他的人奪而使用，不只不能發射子彈，握槍的手掌甚至還會被手槍內建的電擊防禦機制給電灼受傷。而一經重新設定的卜巴杵若換人佩戴，又沒有經過重新再設定，結果就會像任意拿別人已經設定過的「指紋辨識手槍」一樣，子彈還沒發射，自己就被電得一塌糊塗。如果真要認定歸屬，經過重新設定後的卜巴杵，卜巴的能量只是歸佩戴者「所用」，而不是「所有」。

會在這裡一再解釋「不可任意更換使用」這一點，因為這是我在推薦大家佩戴卜巴杵，善用卜巴能量的過程中，最常遇到的狀況。而這樣的規矩，在接著介紹的幾種不同類型卜巴杵也同樣適用，而且一定要嚴守，這樣子才不會面臨吃不到預期中卜巴杵幫我們採收的甜美果實，但卻被卜巴杵的鐮刀割得滿手滿腳都是傷的窘況。

● 小杵之副杵

隨身佩戴的卜巴杵既然有「主杵」，那就一定得有「副杵」這才說得過去。「小杵」之「副杵」的體型尺寸一般而言會比「主杵」小一點點，但這也不是絕對，有時候依照頻寬屬性不同，也是會出現「副杵」的尺寸大於「主杵」的情況。雖然說沒有太多其他需求的人，都只要佩戴一支「小杵」便足夠，但如在狀況允許下，「副杵」與「主杵」同時配戴搭配使用，更能淋漓盡致。

舉例來說，一個在戰場上的士兵，一定會帶著一支長槍，和一把隨身刺刀。長槍是對於來犯的敵人，或欲征服的敵人，在遠距離時即予以殲滅；而刺刀呢，則是敵人已經進入到可觸碰到身體的範圍內，用以近身搏擊之用，或是用來近身偷襲，在不讓敵人發出聲響狀態下完成任務。而稱為是「主杵」的「小杵」就是可以遠距離殲滅敵人的長槍，「副杵」就是那支隨身的刺刀，它們兩個交叉使用，才能讓這個士兵發揮更強的戰鬥力。

再舉一個例子，日本武士一定會隨身佩戴著「一長一短」的武士刀，兩把刀在使用上有分別，長刀是主武器，短刀是備用的武器，平常不會使用它，是在長刀損壞時，或是近身廝殺需要，才會使用。稱為是「主杵」的「小杵」，就好像是日本武士基本佩刀的長刀；「副杵」就是那支犀利的短刀。

如以社會上的人事現況來說，「副杵」就宛如是領導人的「幕僚長」、總裁的「特別助理」般的角色，這些在負責人旁之「副角」的能耐不一定會比負責人差，但他當下所坐的位置與所擔任的工作，就是在幫「主角」在某些重要的點上，適時又即時的伸出援手，或是代為進行，或是私下處理，或是扮演潤滑、緩衝、建言、提點……等等方面的角色。

不過，並不是「副杵」都是「柔軟」的，有時候在某些搭配上，「副杵」的幹練與動力，比「主杵」還要強。如果「主杵」屬於「霸氣」型，那「副杵」則要選用「圓滑」性質的；反過來，如「主杵」屬於「冷靜」型的，那「副杵」就要搭配「衝刺」屬性的，這樣才能全面的兼顧。

這些年，在我配戴卜巴杵的體驗，對於「副杵」，只有一句形容詞，就是：「在關鍵時刻，發揮關鍵角色。」這種感覺，真的只有親身配戴，才能真正體會。

●中杵

「中杵」的體型與尺寸比「小杵」明顯的大，但又沒有大到可以達到像下方所述「家杵」或「事業杵」能夠獨當一面的規模。不過在某些時候「中杵」的功用，在工作事業上，或是移動辦事中，又會比「家杵」或「事業杵」刁鑽與靈活。

「中杵」的體型比「小杵」大，不太適合隨身配掛，所以都是放在隨身袋子中跟著你移動，如出差、旅遊、上班……猶如坐在一輛移動的車子上，在險惡的交通路上保護你的人身安全。當你移動至任何地方，可以在所在環境的桌上或是辦公桌插立起來，鞏固你的所處環境與你所要做的事。若不方便插立起來，也可以放在包包裡。祂是保護你「所處的範圍」，在這個「範圍」中，讓你能在干擾最低的情況下，完成你想做的事，所以祂最擅長的是小區域性質的任務。

就在我解開卜巴杵的奧祕、善用卜巴杵的能力、細分卜巴杵的屬性、側觀卜巴杵的能耐後發現，有兩種類型的人如果一時之間沒法尋得適合的「小杵」，那「中杵」就是最佳的伙伴。

第一種是經常出差辦事，而且是要待的時間比較長，甚至一兩天或是連續好幾天。那「中杵」就可以發揮兩種功用，一是讓你在臨時的工作範圍中，助你把工作順利完成；二是外宿旅館或宿舍，把「中杵」插立或是平放在臨時住房的明顯處，無論那個地方原本是什麼狀況，卜巴杵都能夠盡量把睡覺的範圍做一個有效的區隔，讓臨時住房的人有一個較佳的睡眠品質。

第二種是上班族。因為我不當上班族很久了，這是不少上班族的朋友配戴卜巴杵後跟我分享的經驗。領人薪水的上班族，每天固定的上班下班，每天做同樣的事，每天面臨不同的人，每天面臨五花八門的事，每一個上班的人，都希望做事的過程與進度能順利一點，在人事上的事能少一點，而這個「中杵」呢，祂會隨著配戴者的心念，儘量讓所做的事情在最短的時間內順利完成，也會幫助配戴者在人際關係的應對上順當圓潤。也就是說，祂不會管你上班的地方賺不賺錢，祂只負責讓配戴者能在那樣的環境中工作儘量順利。

我很久以前就已經不是上班族了，所以對於「中杵」與上班族之間的互動都是聽別人轉述的，不過，對於「在外住宿」這一點，我就有深刻感受了，尤其是因病住院時就特別有感覺。

我的妻子罹患腎臟疾病二十年，這二十年來因為大小手術也住院數十次，每一次的天數不同，最久的長達一個多月，再加上每星期固定一、三、五到醫院洗腎，每次洗腎四個小時，如真要用一個貼切的詞來形容，那就是「以醫院為家」了。大家應該都知道醫院是個什麼樣類型的地方，醫院的病房與病床，大家更是清楚，只是心照不宣，因為生病了，不得不前往，所以只有「適應它」。

在妻子發病初期，我還未解開《不存在的真實》之真相，那時候陪著妻子住了幾次院，說真格的，連我這個沒有敏感體質的人，在住院時都會感受到一些異狀，但又不得不住，到最後只能少睡，因為就算要睡也不見得睡得好。沒多久後，當我曉得卜巴杵的存在，又知道如何重新設定，從那時候開始，每一次陪著妻子到醫院或是必須手術而住院，我都會帶一支「中杵」，置放在病床旁的置物櫃上，或是立放在病床旁的櫃子上；陪著妻子到醫院洗腎時，就會將提把上綁著一支「卜巴杵」的隨身袋子放在病床旁，說真的，之後近二十年，那麼多次進出醫院，有一次還遠赴中國治療住了快一個月的醫院，都沒感覺到不尋常的異狀。這也是我認定「中杵」在「移動」的任務上最能出現稱職的表現，因為就連醫院這樣的環境祂都能讓我們處之泰然，那還有什麼地方能難倒祂的!?

關於「中杵」可以讓配戴者無論「移動」到什麼地方祂都能夠給予最佳防護這一點，就曾有精通玄學的人跟我聊到，這樣是不是有「強壓地頭蛇」的意味？我跟他說，主觀上看來的確是這樣，但不這樣子如何能在最短時間內把事情給辦好！不過我認為這不是「強龍」來壓「地頭蛇」，而是禮貌中帶有強硬的姿態告訴「在地的力量」，今天我們是出來辦事，不是要侵犯祢們的地盤，只要一把事情辦完，我們自然會不留痕跡的離開。這，就是「中杵」，也是我在離開「家」的保護外之最佳夥伴。

如要我用一句話形容「中杵」，套一句現在吹捧智慧型手機的廣告詞，說祂是「最佳行動裝置」，毫不為過，這是我個人的體驗。

說到這「中杵」的體驗，那我不得不再說一件事，而這件事與這段文字是在這整本書已經完稿後，才再補述的。就是，我這些年寫了那麼多本書，對於打字，把腦海中的想法透過鍵盤輸出成文字，都已經非常熟悉整個過程，一本書大概多少字？需要多少時間來打字？事實上都已經有腹案，也知道大致完成的時間。再者，因為我工作上「移動」的地方很固定，就是家裡、古董店再來就是︿讀書會﹀，每一個地方都有我可用的工作電腦，而這幾個地方都有安立「大杵」，而我的身上更長年配掛一只小件的「大鵬金翅鳥」，和一支屬於我個人之「主杵」的「小杵」，所以我只有因為妻子必須去醫院，才針對這個目的使用「中杵」，除此之外，我並沒有因為工作上「移動」的需要而設定「中杵」使用，包括寫書這件事。

當我決定寫現在這本書後，我一如往常的依照原本的工作步驟與步調，不管去到哪兒，家裡、古董店或是〈讀書會〉，就把皮包中的隨身碟插入電腦中，開啟檔案，就敲著鍵盤，把腦海中的東西輸出成文字，在寫這本書剛開始時，文字輸出的速度沒有慢，但也沒有特別快，就是按照以往熟悉的速度在打字、在輸出，但就在寫到前半段，我突然有一個想法，這本書既然是在講「卜巴杵」，那我何不設定一支「中杵」，就針對我寫這本書，就針對必須「移動」到不同地方工作，而使用祂，讓祂幫助我完成這本書。其實一開始設定完成後，我沒想那麼多，也完全忘了「中杵」的存在，只有在開電腦要開始打字前，把皮包中跟隨身碟放在一起的「中杵」連同隨身碟一起拿出來，隨身碟插入電腦中，「中杵」就平放在鍵盤前，到〔讀書會〕時，就把「中杵」放在手提電腦右邊的滑鼠旁。

就這樣過了一個多星期，我突然發現，我打字的速度沒有變快，但是對於文字的描述，變得比以前還要精準，還要直接，還要清楚，沒有所謂的「贅述」，或是「不明確」，幾乎是腦海中只想到一，手指頭就想講二，甚至，絕不誇張，對於有些必須講述的議題，在前一刻工作結束關電腦時，腦海中完全沒有架構，但是再次坐在電腦前，一開電腦，鍵盤一敲，所有的架構就劈哩啪啦的順著手指頭敲出來，完全沒有停頓，完全沒有卡住，完全沒有詞窮，完全沒有前篇不接後章，完全沒有在描述過程中轉不出來。那時我才驚覺，怎麼會這樣？

難道真有神助？這怎麼可能！因為，我從不認為神能助人，我只相信如果我不做，沒人能幫我。而這一陣子唯一的不同，就只有設定一支「中杵」隨身攜帶，走到哪兒工作，就把「中杵」拿出來放在一旁，如此而已。

直到這本書全部完成，完全沒有出現寫書人最怕遇到的「文思枯竭」景況，甚至還一直往後加【附錄】。所以，這一段是在整本書已經完稿，進入美術編輯後，我才再補述的，因為我不得不幫「中杵」說句公道話，那就是，以前是體會「中杵」的好處，而這一次，真的是紮紮實實的感受到「中杵」的威力！這也是我以前從沒有的體驗，所以說「中杵」是「最佳行動裝置」，真的是恰如其分！

事業杵

一看「事業杵」三個字，就應該很明確知道祂的功能，那就是在「事業」上的幫助。「事業杵」的體積都屬於比較大的尺寸，不適合隨身帶來帶去，最佳的方式就是安立在工作事業的場所中，最好的位置，其一是負責人或是主要經營管理者的辦公室內，再來就是公司或營業場所的大門玄關處。

只要是事業「經營者」都知道一個邏輯，就是在做生意上沒有「穩賺不賠」這件事，有時候「少虧就是賺，少賺就是贏」，所以安立在工作環境中的「事業杵」，祂不會一味的帶著你「往前衝」，祂最多的時候反而是帶著你「轉彎」，避開障礙，閃過陷阱，有時候還會像遠距雷達一般，偵測到遠方有異狀，讓你緊急「煞車」，躲過你看不到的危機。

每一個來委託我尋找「事業杵」的人，當找到之後，在交給他們之時，我都會再三的提醒他們，「事業杵」的衝勁完全不用懷疑，你只要專心的去做想做的事情，「事業杵」的卜巴能量一定會幫你在前面開路，你完全無須留意祂是否存在。不過，對於另一種提示，則是要加大三倍的考量，那就是每當要做任何重大決定前，周遭所發生的任何不尋常的事，都要列入參考因素。因為，這很有可能是卜巴杵中「前、退、停」三種並存的能量當中之「退」或「停」的力量在提醒你。

就說前面〈杵，不分善惡〉章中所述我們被一位熟識十多年的朋友「吞」掉一大筆錢的事，這件事我們在事後想起來，其實在那幾天當中，出現了好幾個「不尋常」的警訊，但我們都忽略它，甚至把它自我合理化解釋。例如：

●要去匯這筆錢時，一連三次拿錯存摺簿，其中一次還半路上存摺簿掉出來遺失在馬路上；

●去到與他們夫婦極為熟識的汽車保養廠保養車子，我一聊到他們，原本笑臉健談的保養廠老闆立刻像被關掉電源般的禁聲，我連提了幾次，他才回一句說：「哦，最近沒碰到他們，所以不知道他們近況……」

●去他們介紹我們吃飯的餐廳用餐，餐廳的老闆娘主動來寒暄說：「咦，最近怎麼好多客人問我，有沒有看到那個誰來吃飯？……」

●在還在考慮要不要把資金投入期間，有三次主動打電話給她想要進一步詢問當中的一些細節，每一次都說晚一點回電話給我，其中有兩次沒有馬上回，隔天是我主動再去電，他們才解說。另外一次，他們居然說忘了要回電這件事……

●……

像這種種不尋常的事情在當時那幾天發生了很多次，但是每一次我們都沒有深思，事後想來，這根本就是卜巴杵的力量在叫我們要「停」，但是，天生的「感性」卻在遊說沒問題，且一直把這些不尋常訊息給合理化。果不其然，卜巴杵是對的！祂有盡忠職守，是我們沒聽話，是我們沒聽卜巴傳給我們的訊息，所以我們的現金沒了，促進別人的經濟循環了。

從這件事情以後，我們就決定，以後做任何事、買任何東西、進任何貨、買車、買房……只要在過程中，有出現任何「明顯」的不尋常，那我們就會立刻先踩煞車，哪怕是十拿九穩已在自個兒掌握之下的事情也一樣，都一定先停下來，像過火車平交道一樣，「停、看、聽」一下，確定沒問題，再往前行。事後證實，停下來十次的事情，有八次是正確的，讓我們躲掉不少事業上的危機。那，當初基於信任被抽掉的那個資金缺口，最後怎麼樣了？說出來你一定不信，不到半年，我的古董店中突然做成了幾筆生意，而且金額還不小，就把那個資金缺口補起來了。這，我都認為是安立在我的店中的「事業杵」在運作的結果，只是祂當時一直叫我「停」，我沒有聽，所以才在事業上絆了一跤。好在咱的「事業杵」太強了，只讓我絆了一下，只扭到腳，沒有流血受傷。一直到現在，我都是把持這樣的原則，才讓我比別人幸運的經營出「只要努力一定會出現果實」的局面。

再提一件我認為絕對是「事業杵」的幫助才出現讓大家跌破眼鏡結果的事，那就是有關我做生意用的「店面」和營業的「辦公室」這兩件事。

從我開始開古董店以來，店面換了好幾個地點，搬過好幾次，但是都是用租的，加總起來二十幾年，真確一點來算，那些租金都可以把最後承租的那個大馬路邊的寬敞店面買下來了。後來在古董業界大家一窩風的棄守台灣市場轉往大陸開店時，我們反而興起在台灣買一間屬於自己的店面，這個想法讓所有認識我的同行都認為我是不是「頭殼壞企」，怎麼會幹這種「本重利輕」而且一看就是「沒有前途」

的蠢事？但我當時不受任何影響的開始了我們的「尋店」計畫，大家一定想說，店面用「買的」，一定不會太難，就只在「地段好壞，價錢高低」而已嘛，一開始我們也這麼認定，但想不到這個「尋店」計畫一走就是三年，這三年來我們看了不下百間以上的店面，但是都是「不成」，這不成的理由可多咧，除了大家經常遇到的價錢太高、坪數不合、格局不好、地點不宜、交通不便……之外，我們還碰過：

◆有的是約看房子一定要在她規定的清晨幾點幾分，因為她說這是命理老師幫她算出來當天的「財旺」時辰；

◆有的是約看房子時屋主堅持我們去看屋時的人數一定要雙數；

◆有的是價錢已經談好，但另外的家人堅持不賣；

◆有的是價錢已經談好，但與我們談的家人要求私下給他回扣當私房錢；

◆有的是已經約好簽約，但就因為代書的姓氏與屋主犯衝而作罷；

◆有的是已經約好簽約，但房屋所有權人突然住院；

林林總總的原因我們都碰到了，結果是看了三年的房子，一間都沒找到。後來我們無意間買到現在的古董店的店面時我們才知道，原來三年來都找不到店面是有原因的，因為我們要買的店面還沒出現。

為什麼？因為就在一天晚上，我與妻子在外面吃完飯，走到停在巷口的車旁準備開車離去時，看到停車的旁邊有一個小小的新屋接待中心正在打掃布置，看來是明天一早要對外推出已經蓋好的新屋，我們對屋內在布置的售屋小姐隨口問了一句話：「樓下這間店面是不是要賣？」她說：「是！」我接著問：「要賣多少錢？」她簡短的說：「七百多萬。」我不抱任何希望的再問，那時候整個人都已經要坐進駕駛座了，「自備款嗎？」想不到她居然回說：「不是，是總價。」我們一聽是「總價」兩個字，整個人立刻從車中跳出來，關上車門，進了接待中心，不到五分鐘，我們就買下現在這間店面，後來我們看了這整棟的價目表，二樓以上住家一坪開價三十萬，想不到一樓店面居然只開價一坪三十一萬，售屋小姐說她今天傍晚拿到這個價目表時也覺得怪怪的，但她賺的是「時間佣金」，不是「價錢佣金」，也就是全棟總戶數賣得越快，她的佣金越高，所以她就沒多想，想不到全棟的新屋開始賣的前一晚，樓下的店面就被我買走，賣得幾乎就是跟樓上住家一樣的價錢。更離譜的是，這間樓下店面的用途區分是屬於正統的商業登記，也就是可以光明正大的開店做生意，而不是登記為住宅然後違規做為營業店面使用。你說說看，我應該怎麼解釋這個極度不合理的購買店面經過與價格？我絕對不會說是我運氣好，而我會解讀成「冥冥中有一股力量」在幫我完成「我一直在做」的事。

我們莫名其妙的買到這間店面的事，想不到類似的狀況幾年後又再出現，這次同樣也是要買「營業用的房子」。我們搬來自個兒買下的這間店面後，開始經營網路賣場，為了讓實體店面與網路賣場的營運方式不要衝突，於是成立了〈讀書會〉專門處理網路賣場的事宜，幾年之後，原本〈讀書會〉的辦公場所很快就不敷使用，於是乎又開始了之前走過的「尋屋」計畫，只是這次找的是屬於樓上的房子，不是路邊的營業店面。按理說樓上的房子應該會比樓下的店面還容易找才對，其實不然，所面臨的狀況也是五花八門，也是同樣的奔波，同樣的不成。最後，說來你一定不會相信我們是多神奇買到一間二樓可當辦公室的房子。

這次花的時間比較短，只有一年又四個月，買到了一間新建案的「餘屋」，因為代銷公司的簽約期將至，所以用一個非常低的價格賣出，有多低？說出來你一定不信，樓上在新成屋推出時一坪的成交價是五十八萬至六十八萬之間，賣到最後的兩間「餘屋」時，我們買到其中一間的價格是一坪二十四萬，不止如此，更讓我們額外買到四個獨立產權建商所保留位在地下一樓超級好停車的平面大車位，可以讓專程開車來訪的讀友根本不用在外面找停車位。那，我們是如何得知這個「俗擱大碗」的售屋訊息？這說起來也是像個天方夜譚，就是在一個星期六一大早去外面買早餐，然後順便在早餐店旁的超商買一份以水果為名的報紙，隨意翻閱報紙時，在報紙的分類廣告上看到的。吃完早餐後，不報任何希望的就直接開車去看，因為我們直覺認定這是售屋公司所耍的慣用花招，就是用很便宜的價格吸引你來，然後告訴你那戶低價的房子賣掉了，之後再推薦你看價格「符合行情」的房子。我們到了之後，看了售屋小姐遞給我們看的價目表，發現價格真的如報紙登載的那麼低！同樣的，我們也是不到五分鐘就決定買了。你說說看，這又該如何解釋？因為這根本就不是「人為之力」所能夠達到的。

此後，在接著找尋〈讀書會〉要承租的倉庫，以及要承租的更大的辦公據點時，過程中都出現令人跌破眼鏡的情事與價格，我相信，我們所設立的「事業杵」，一定忠實的發揮了祂最適當的火力，才讓我們在事業的「房事」上屢屢出現「事半功倍」的神奇成果。此外，這些年來我們在做生意上還有非常多在事後想起來均令人覺得不可思議的事，如要我用一句話形容「事業杵」，套一句現在市面上的熱門字，祂就宛如是最「稱職的執行長（CEO）」，這絕對不誇張，因為一經重新設定的「事業杵」，只要經營管理者盡心盡力在事業上，祂一定能發揮這樣的能耐，就如同前文〈電動腳踏車〉章中所述的情節一樣。

● 家杵

「家杵」與「事業杵」的主要功用有一點雷同，都是鞏固一個「場所」，保護裡面的人與進行的事情，但在屬性上，則不太一樣，「家杵」是「主內」，「事業杵」則是「主外」；一個像是「安內」，另一個就是「攘外」。這個「家杵」的「安內」，不是要讓家人不吵架，不是讓住在家裡的人好睡覺，不是讓這個家裡不要遭小偷，也不是讓這屋子不要漏水，而主要是保護家裡的「祖先」，莫讓「外靈」或「外魂」侵擾祖先的安寧，進而達到「家運穩固」的境界。一旦「家運穩固」，這個家還有家中的人會出現什麼吉相和吉兆，想必不用多做描述。

在我找到卜巴杵的重新設定樞紐，接著歸納出不同使用功能後，我一開始以為，用於「安居」作用的「家杵」，應該是最單純，最不複雜，問題也最少的才是。想想看，「安居」的目的再明確不過，不就是「家人得安穩，祖先不愁煩」，除此之外還有什麼疑難雜症？沒啦！但是，想不到，後來經過幾件案例，才知道原來這是我一廂情願的想法，因為在卜巴杵的屬性上，用於「家杵」的卜巴杵，才是最「厚工」，最需要「用力」處理的。對於「家杵」功能的設定，是我花最多時間，不斷的摸索與嘗試，不斷的變更與重設，才找到目前屬於「較佳」的設定。為什麼是「較佳」而不是「最佳」？因為我認為一定還有我不知道的家庭狀況還沒出現。

「家杵」與「事業杵」主要功用類似，都是固守一個「地方」。「事業杵」的功用與目標，很簡單，就只有兩個，一個是順利，第二個是賺錢，直白的說就是「麻煩的事要少」「賺進的錢要多」，不管是哪種行業都不離這兩個目的。但是「家杵」所針對的家庭，就不同了，因為每一個家庭的狀況都不一樣，人員組合也不同，所以問題也沒有雷同的。而一開始我對「家杵」的設定方向都是從我們家的模式為出發點，進行功能設定，後來才發現，真的是應了「家家有本難念的經」那句俗語，每一個家庭的狀況都不一樣，所以說這個「家杵」

是讓我鍛鍊「設定功能」用的，真的不為過。

我不得不承認，我對於卜巴杵所召喚來的卜巴能量，總共有多少能耐？還有什麼能耐？我真的還沒摸透。舉個例來說，卜巴杵所代表的卜巴能量，就好像是一台國家安全級的超級電腦，這台電腦的功能超級強，強到可以同時控管整個國家的行政系統、航空系統、軍事系統、武器系統、通訊系統……但我把它開了機後，只叫出「Word」頁面，用來打字，這台超級電腦內還有什麼功能？還能做什麼事？我完全不知道，因為我沒有機會和案例去使用它的其他功能。

一開始，我是把「家杵」的目標設定在「整個家」，這就表示家中的每一個成員都能以心念驅使「家杵」。但這就出現一個問題，也算是一個防護漏洞，那就是如果家人帶不良分子進來，那「家杵」會認定這是「家人同意他進來的」而把不良分子放進來，這就好像這個家買了一輛休旅車，車鑰匙就放在客廳桌上，家中成員誰都可以拿著鑰匙去開這輛休旅車的道理是一樣的。在發現這個漏洞後，於是針對問題改變設定，把「家杵」的目標設定在「祖先」上，由祖先們全權決定是誰才能通過「家杵」的防護進來這個家。但是，因為祖先所殘留的都是生前的記憶，所以會依生前最後的記憶來定奪，而出現不少祖先因為不知道來龍去脈而把「披著羊皮的狼」放進來。後來預料外的新狀況一直出現，每出現一種新狀況，「家杵」的設定就「跟著新問題而轉變」，不斷的改變，不斷的轉彎，到最後，把「家杵」的目標設定在「購買人」也就是實際的「擁有者」身上，由擁有者決定「家杵」防護的方向，這才解決了所遇到各式各樣又五花八門的問題。

「家杵」的主要功能就是「鞏固」，雖然「事業杵」也是有這種屬性，但祂與「事業杵」最大的不同在於「事業杵」著重「衝刺」，「家杵」主要彰顯「固守」，祂們兩者之間一旦經過設定啟用，是不能交換使用的。已經啟動功能的「事業杵」，不能未經重新設定的直接拿回家當成「家杵」用。

就有一位朋友尋得一支非常強悍的「事業杵」，原本一直放在她的辦公桌上，有一天從「靈媒」工作者口中得知他們家一直被孤魂野鬼闖進來搶祖先的祭品，非常氣憤的把她的「事業杵」帶回家，心中非常憤怒的想著「把家中的『魂』通通掃出去⋯⋯」，但想不到，這一掃，不只把賴混在家中的孤魂野鬼掃出去，就連在家中的祖先們也被像是龍捲風的能量給掃上天空，因為祖先也是「魂」。我為什麼會知道？我並沒有靈異體質，這是後來經過是「靈媒」工作者證實真確的事，而朋友趕緊打電話給我尋求協助，於是我馬上重新設定她的「事業杵」，改變功能方向，才化解他們家的龍捲風危機。

「家杵」能有什麼幫助？依我個人使用「家杵」的體驗來說，從我得知卜巴杵的存在，也知道設定的方式後，我就在家中的神桌上，安立一支卜巴杵。為什麼是安立在神桌上？這是因為我是從「祖先」的角度出發，讓「家運穩固」，而不是站在「人」的立場，指望大家都在想的「家財萬貫」。為什麼？就如我在《祖先》這本書中所述：雖然說，「陰陽兩隔，人鬼殊途」，但是「子孫」與「祖先」之間，卻是「陰陽兩利，順則雙安」。「子孫」與「祖先」之間的「陰」「陽」雙方，是互相連動的，祖先的「氣」與子孫的「氣」是互通的。

這就好像內有水平液體「虹吸管」的兩邊，只要「祖先」的「氣」是處在「安定」狀態，「虹吸管」另外一端的「子孫」之「氣」也會相對的居於「平穩」狀態；「祖先」的「氣」是處在「高點」，那「虹吸管」另外一頭的「子孫」之「氣」也會相對的居於「飽滿」狀態。反之，只要「祖先」的「氣」低落，那「子孫」之「氣」也會落下，這結果便是家運不順。（註四）

我就是以這樣的心態在看待「祖先」。在前文的【卜巴的來由】篇中講到：「卜巴祂原本是維持這個大地運作一種特定功能的一股能量，主要是在控制、管理與維護每一個大地生靈的『靈性』不要遭到侵擾……」，因此「卜巴杵」在阻擋外靈與外魂的功能上本就是祂的強項。但不知道什麼原因，使得原本正常運作的卜巴產生突變，從「

防護」中異變出「攻擊」屬性的能量，而我們現在就是在「善用」卜巴忤所兼具的「防護」與「攻擊」屬性的能量，一方面讓祖先們先有一個安全的防護罩，在「鞏固」的基礎上，二方面還能成為「祖先」們的後盾，當遇到有「外侵」者出現時，尤其是我們在每次節令或忌日祭拜祖先時，又都是準備滿滿的一桌飯菜的情況下，卜巴忤更能夠反守為攻的攻擊外面虎視眈眈的遊魂，讓祖先們能安穩的在家中享用我們為祂們準備的飯菜，祖先們只要吃得飽，那祖先的「氣」就一定是處在「安定」的狀態，那「虹吸管」這一端的我們之「家運」的「氣」，也會相對的呈現「既飽又滿」的狀態。

所以，從我開始在家中設置神桌拜祖先，後來在神桌上安立一支卜巴忤以來，到現在，在「六親關係」上，雖然我們兄弟與大姊，很早就搬離眷村老家各自生活，並不常見面，但是在相處互動上，一直維持著互助融洽的關係。而單就我自個兒的家，我不敢說已經達到「凡事一定成」的佳境，但這些年卻都是處在「煩事很少現」的狀態，我只要想做什麼事，絕大部分都能達到預期的目標，就算是不成，很奇妙的也都是在事前或事中就出現種種異狀，讓事情主動停下來，好似冥冥之中有一大股力量在監督、在呵護、在維護、在推頂……整個家的運作。單看一件事，我從小就沒讀書天分，所以在校成績都是在殿後，國中畢業後，去讀職業學校，高職期間真正在校拿著書本讀書時間只有一年，其他的時間都在工廠做工當黑手，但現在我卻可以輕易的寫書、出書，我會這樣說，並不是說擁有了卜巴杵之後好運就會從天上掉下來，而是因為我想做，卜巴杵的力量就幫我闖戰場。想到前文中講到，有一位朋友擁有了卜巴杵之後，透過「靈媒」工作者與他的卜巴杵對話，當時，卜巴杵只跟他說：「給我戰場，我就給你舞台。」這句話我深深的贊同，因為卜巴杵帶給我的，正是如此！

如果，要我用最簡單的話來形容我們家安立「家杵」的感想，那就是，祂會讓我的家成為一個宛如敵人難越雷池一步的堡壘，在這當中，我可以放心的傳承千秋萬代。雖然我父親隨著國民政府來台灣，生下我之後，我自立門戶的家還沒那麼久，還沒傳承那麼多代，不過我深信，祂有那個能耐！從祂一千多年來不停歇的一直執行著祂的任務，就能看得出來，祂做得到！

・房間杵

「房間杵」，顧名思義就是安立在「房間」內，針對「睡在這個房間內的人」給予最大權益的照顧與維護。一般傳統的房子內有很多間房間，如每個房間都有住人，其實可以針對每個房間的人安立「房間杵」。如一時之間找不到各自的「房間杵」，那就把重心放在「主臥室」，也就是家中「男女主人」住的房間中。一般而言，「男女主人」就是夫妻二人，這表示這個房間是夫妻二人的「兩人世界」，反過來說，就是這個世界就應該只有「兩個人」，而「房間杵」的功用與任務，就是要維護「房間內兩個人」的權益，使其安穩。說得直白一點，就是讓夫妻兩人「同心」，對事情的看法一致，最重要的就是不要有夫妻以外的第三者介入。

在我個人以及許多善用卜巴杵的朋友們之綜合體驗，如果家裡能有「家杵」，再於房間中設置一支「房間杵」，那效果會更佳，這就好像在一個堅硬的城堡內，針對主人的房間再加蓋一個金鐘罩，對於夫妻之間的共處，再多一層防護，除了能讓夫妻的心思一致之外，更能讓兩人以外的有心者難入雷池一步。

不過，能夠安立在房間中的「房間杵」，在屬性的選擇上是最難尋的，因為絕大部分的卜巴杵在被製成後的原始屬性都是屬於「硬」的，「硬挺」的，而「房間杵」的原本屬性要屬於「棉」的，有「彈性」的，經過設定後才能產生「夫妻融洽」的效果。如果是使用屬於「硬」的屬性之卜巴杵當「房間杵」，就算重新設定，也很難讓祂改變原始的屬性，更難達到預期的效果。這就好像一個原本講話就很快的人，突然嚴格限制他講話要變慢，那結果會變怎麼樣？就會造成「說話變慢了，但也不會表達了」的尷尬情況。所以在這些年當中，在我接到找尋卜巴杵的委託中，找到適合當「房間杵」的卜巴杵之時間往往是最難掌控的，因為祂們真是「可遇不可求」啊！

在我提出可以在房間內安立「房間杵」的主張後，就接獲不少反對意見。這些反對的聲浪普遍認為，夫妻的房間在不少宗教觀點中認定是「不聖潔」之地，尤其是現在不少夫妻的房間內還有設置廁所浴室，那更是代表污穢之地，怎麼可以把尊貴的卜巴杵立放在房間中？這簡直是褻瀆了聖物吶！

但我認為，「萬法不離世間法」，任何法門的存在，都必須吻合生活中某一個特定的行為才行，既然這樣，一定會有保護「房間」的法門存在，這才符合人世間的邏輯。我在《天珠》這本書就已經寫過這樣的主張，其實在房間中安立卜巴杵，就跟戴著「天珠」睡覺是一樣的邏輯。

屬於「房間杵」功能的卜巴杵要二十四小時都安立在房間才能獲其能量保護，但我就經常收到這樣的疑問，就是，卜巴杵能安立在房間嗎？尤其是有廁所的房間，因為夫妻在房間內會有行房行為，以及在房間的廁所內如廁，這樣不會干擾到卜巴杵的能量嗎？

關於這個問題，我每一段時間都會重複的回答一遍。這也難怪，因為在東方傳統禮教中一致認為，廁所是排泄穢物的地方，所以是個不潔之地；而兩性交媾，在東方的儒道觀點中，更是認為不潔之舉。因此認定，房間與廁所是個充滿穢氣之所，只要是神聖之物，當然就不可攜入房間與廁所。而卜巴杵在許多人的心目中尤其是藏傳佛教徒的眼中被界定為神聖之物品，所以絕大部分的人均認為，卜巴杵不可以帶入房間中。

而我的看法卻完全相反，我們姑且先不談房間與廁所乾不乾淨？因為我從不認為房間和廁所不乾淨，就以卜巴杵的能量場來說，如果卜巴杵一進入房間中，祂的能量場就會受到污染，那就表示卜巴杵的能量結構不夠渾厚，也不夠紮實，一點點的風吹草動祂就受干擾，這就好如一個抵抗力極差的人，在外頭稍微吹一點風，就感冒了，那這樣的卜巴杵我們還指望祂什麼？祂自己都自身難保，又如何能保護我們呢？

我就是基於這樣的主張，在我知道卜巴杵可以設定「房間杵」的功能之後，我就在房間中安立一支卜巴杵。不過，如前面說的尷尬情況，在尚未尋得優質「棉」屬性的卜巴杵之前，我也是跟一般人「急著要有」的心態一樣，那就先暫時安立一支卜巴杵，至少可以先行保護，待以後尋得合適的卜巴杵後，再把祂換過來就好了，就好像臨時有事找個人來代班的道理是一樣的嘛。不瞞大家說，當時那一陣子，嗯！狀況挺多的，除了「沒有第三者干擾」這一點完全實現之外，其他預料中的效果，幾乎看不到，甚至有那麼一點在滾燙的稀飯中加胡椒，這不只達不到降溫的效果，反而讓熱稀飯更麻燙！後來終於讓我「遇到」一支「棉」屬性的卜巴杵，當下我不做任何考慮，立刻的把祂帶回家，重新設定後，換這一支卜巴杵安立在房間中。說來大家一定不相信，當天開始，我就覺得不一樣，所有預料中的效果，都明顯感受到。而這支「房間杵」，我也一直安立到現在。

如要我用一句話來形容我們的房間安立「房間杵」後的感想，那就是「最佳的管家」，祂不只會安撫房間內之人的情緒，還會把房間照顧得「一塵不染」，不讓屋外的閒雜人等弄混了房間的單純，不讓屋外的粉屑殘枝弄髒了房間的潔淨。

●後話

以上，便是就我所知卜巴杵針對生活上的需要，而能夠單一設定功能的幾種類型。會在這一篇之末加一個「後話」，這是因為擔心大家對於卜巴杵會有過多的期待，所以很囉唆的把前面說過的提醒再說一遍。

一旦擁有一支卜巴杵，就不要再問這支卜巴杵的「功能」。因為就算你一知再知，也不會改變祂的屬性；就算你牢記所擁有的卜巴杵之全部功能，也不會讓卜巴杵的原始屬性變強；就算你忘記持有的卜巴杵之屬性，也不會減少卜巴杵的絲毫功能；就算你知道所擁有卜巴杵全部的來龍去脈與功能屬性，但你凡事還都停留在「只想不做」，那這支卜巴杵就算擁有的屬性是宛如「戰鬥機」般的強悍，但是祂在你身邊，就只會忠實扮演「停機棚中供親子參觀拍照的戰鬥機」的角色。

所以，一旦擁有一支經過重新設定後的卜巴杵，就不要再問這支卜巴杵的「功能」。有想做什麼事？去做就對了！做了，卜巴杵才能幫你，你也才會感受到卜巴杵的威力！

頻寬 09

前面說，卜巴杵一經製成，就宛如一支天線，立刻出現接收虛空中卜巴能量的功能。既然像是「天線」，具有「接收」功能，那是不是就有「功能大小」之分？或是「容量大小」之別？

沒錯！～卜巴杵確實有「力道大小」之分，以及「範圍大小」之別，套用現在人熟悉的用語，它就猶如網路的「頻寬」。頻寬越寬，力道越強；頻寬越廣，範圍越大。

頻寬怎麼認定？頻寬怎麼看？這是從我開始介紹卜巴杵這樣神奇之物、推薦大家善用這樣玄妙之物以來，最常遇到的兩個問題。而在我預計寫卜巴杵這本書時，我就打算把卜巴杵的「頻寬」解釋清楚。但是，我從寫這本書開始，就一直在思考這一篇的寫法，為了讓大家都能瞭解，想了幾十種說法，都沒辦法準確的描述，所以才將這一篇放在這個位置。

在前面【杵的類型】篇中一開始我就解釋，我是不斷的利用坊間能夠偵測人體穴道磁場的「生物能療法」儀器與可以運用氣功能力感應到「物品能量」的人士，證實了我所發現的「設定功能」。就在不斷測試的過程中，從所測出來的數據與感應出來的能量，我進一步發現原來在這些「功能」中，還有「大小」與「厚薄」的分別，我當下一時間不知道該用什麼形容詞稱呼這種分別，後來靈光一閃，就以當時網際網路剛開始興起時，決定網際網路之使用速度快慢的「頻寬」來稱之，最為貼切。

當我知道卜巴杵這樣神奇玄妙之物有頻寬之別時，深埋在我深層基因中的探索因子又開始蠢動，亟欲找出決定卜巴杵頻寬大小與範圍的因素。因為我發現，卜巴杵一經製成，祂從虛空中接收卜巴能量的屬性與頻寬就已經確定，在爾後按照正常的設定管道，可以在祂既定的頻寬中，做不同大小的啟動與設定；對於已經確定的頻寬，以後很難再用其他的方法予以變更加大。既然以後難以變更，那我就轉向去找祂一開始的頻寬大小之生成要件，至少可以讓我以後在設定卜巴杵的功能時有一個參考或依循。

不瞞大家說，到目前為止我還沒有找到頻寬怎麼認定？頻寬怎麼看的明確「依據」。不過，我發現一個很重要的線索，這個發現就要多虧我所從事的行業以及我個人的興趣了。

我是賣古董的，古董買賣講求的是年代價值、藝術價值以及稀有價值，所以如果想要在古董行業中立足穩、走得久，業者自己本身的專業素養以及鑑賞功力得要夠紮實，下的功夫也要越深，才能博得客戶信任以永續經營。因為我本來就對玄學與宗教藝術很有興趣，所以只要我對哪一個宗教文物的議題產生興趣，往往都能夠摸索出一般已經有書面記載資訊以外的內容。再加上我本身在從事古董行業以前，就是一位術有專攻的模具工程師，對於金屬鑄模、金屬雕鑄、金屬雕刻、金屬材質、金屬熔接等等本來就有一定程度的認識，所以對於「金屬製的宗教文物」，例如佛像、法器等，這當中當然包括「金屬製的卜巴杵」，很快的就能從文化根源、藝術角度、施作工藝、材質成分、傳承儀軌，以及旁人難以注意的蛛絲馬跡中，找到卜巴杵一經製成頻寬大小即確定的軌跡。但這要把它說清楚，得要從文化、藝術、工藝、材質、傳承等各個角度與面向說起，恐怕得另外寫一系列的書才行。

總的來說，卜巴杵的頻寬大小，與造型無關，與大小無關，在我發現的軌跡中，都有出現一個雷同處，就是，製作過程中製造者的心思花越多，加上卜巴杵的材質中內含傳說西藏珍貴的「天鐵」金屬成分越多，這支卜巴杵的頻寬就越寬。而這個發現，在我利用「生物能療法」儀器與可以運用氣功能力感應到「物品能量」的人士私下測試後得到初步的證實。後來，在二〇一五年三月時我們家發生了一件大事，在經歷的過程中，當中的一個環節中的一件物品，與「卜巴杵的頻寬大小」有異曲同工之妙，就是這件物品，間接的證實了卜巴杵一經製成頻寬大小即確定的軌跡，那就是「傳統手工金紙」。

金紙點數

二〇一五年三月，與我合著《祖先》這本書的妻子陳玉琴，於《祖先》這本書的稿子完稿後的兩個小時突然腦內出血，兩天後辭世。因為她走得突然，我特別委託一位具有靈異體質的朋友，設定他與妻子間處於「連線狀態」，一路從妻子彌留開始，一直到大體火化告別式結束，都維持著隨時能夠「雙向對話」，然後這位具有靈異體質的朋友，再逐字逐句的把妻子往生後的需求與所見所聞講述給我們聽。也就是透過這條連線，讓我們知道「陰陽間」許許多多以前不為人知的一些事，這其中最讓我們詫異的就是「金紙不是錢」！

這一件事我在《祖先》這本書的【書外篇三、人走之後】中已經講過，以前我跟大家的認知都一樣，以為燒金紙給祖先，是給祂們在陰間做為盤纏之用，或是燒金紙給往生者，是給祂們在陰間時「有錢可花用」。但是這次透過妻子往生後的描述才知道，金紙的作用根本不是這麼回事。

大家在拜拜的時候，燒一大堆金紙給祖先，卻沒有人思考過，在靈界有沒有商店？在陰間有沒有店家？似乎自古以來所有有關這方面的訊息，都沒有提到靈界有商店，更沒有提到陰間有店家，甚至是銀行；既然靈界、陰間沒有銀行、商店或店家，那祖先、往生者要這些視同是冥界鈔票的金紙幹什麼？

原來，燒給祂們的金紙，在祂們而言非常有用，而且作用還非常大，但絕不是給祂們用來買東西之用。金紙，以及金紙的多寡，是祖先或是往生者，在靈界、陰間決定自己位階以及活動範圍最重要的一個依據，而且是要「傳統的金紙」對祂們才有用。舉個例子來解釋，所燒的金紙，就相當於我們常說的「積分」或「點數」，積分越高，或是點數越多，那就能夠換得更多的福利，或是獲得更高的地位。近年來，商人演變出來花花綠綠的商品，像是金額數字好幾十個零的支票、存款簿，甚至信用卡、提款卡，以及一張紙上印有多種經文或咒語紙張，在祂們而言，這些都只是一張印著圖案的紙，而不是能夠提升地位的「有價證券」。

還有，時下推廣的「環保金紙」，祂們固然都收得到，但是完全不能用，也完全沒有點數價值。「環保金紙」在靈界、在陰間而言，如同「假鈔」；燒「環保金紙」給祖先或往生者，最大的意義，真的就是「造成空氣汙染」而已。

就是在當時我們發現到這個「金紙點數」的重要訊息後，在以後每每遇到年節祭祖時，我們都會特別去找所謂「高點數」的「傳統金紙」來燒化給祖先。但是「傳統金紙」的「高點數」的多寡要怎麼定義？要到多「傳統」才算高？簡單，大家都說「有圖有真相」，而咱們就來個「有畫面有真相」，於是我們四處購買店家強調是「傳統金紙」或是「手工金紙」的金紙分別燒化給祖先，然後透過具有靈異體質的人，或是從事「靈媒」服務的工作者，同步連線觀看，以及詢問祖先實際收到焚燒後金紙的狀況，總結之後得到一個結論，那就是「製作成本越高」「製作工序越長」「製作時間越多」「所用材料成本越貴」，那所製作出來的「金紙」在靈界而言它的「點數」就越高。

看到沒？這像不像前面講的我所發現卜巴杵在製作過程中製造者的心思花越多，加上卜巴杵的材質中內含傳說西藏珍貴的「天鐵」金屬成分越多，這支卜巴杵的頻寬就越寬。

關於這個異曲同工的雷同點，我後來為了要再確定更真確一點，於是特別的在有人尋求「靈媒」服務工作者協助觀看祖先狀態，同時又於神桌上安立「家杵」時，就我所認定做為「家杵」的卜巴杵頻寬大小，與「靈媒」工作者所看到「家杵」的防護範圍是否一致做了統計，同樣的我為了讓答案更明確，我並未先行透露我所認定的卜巴杵之頻寬大小，而是把頻寬大致狀態寫在紙上，待「靈媒」工作者看到

「家杵」的防護範圍後，他也把它以文字記錄下來，然後我再把我所認定的卜巴杵頻寬內容與之比對，結果證實，相差無幾。

有了這些另類測試過後證實的證據，讓我在探究卜巴杵的能量屬性與頻寬這件事情上，信心大增，在爾後幫人尋找適用的卜巴杵時，縮短不少時間，同時也更準確。

●適用即最好

既然，卜巴杵的力道大小與範圍，取決於「頻寬」，那是不是頻寬越大的卜巴杵防護越好？沒錯！依照「萬法不離世間法」的原則來看的確是如此。但是，在我幫人尋找適用的卜巴杵時，發現到一個現象，那就是頻寬越寬、範圍越廣、越渾厚的卜巴杵，往往價格上就會跟著高一些，這就好像「點數越高」的「傳統金紙」其成本與售價都會跟著比較高，坪數大一點的房子總價一定比較高的道理是一樣，再加上卜巴杵本身就是一種「文物」，文物價格的認定本來就有一個市場行情的標準，因此在這些年當中，雖然我本身精通宗教文物，但是看到「頻寬高，價格低」之卜巴杵的機會還是微乎其微。所以，在遇到有人想要找一支卜巴杵隨身配戴，或是要找一支「家杵」安立在家中……無論任何的目的要找卜巴杵，我都會跟他們說我的看法，除非有特殊需求，無須特別的「追高」，而去找一支「頻寬很寬，但用不上」的卜巴杵。如真的需要卜巴杵的協助，就依自身最輕鬆的經濟條件，以及確實的需求，去尋頻寬最適當的，即是最好、最理想的卜巴杵。

但是，反過來說，也不要在經濟狀況不允許的狀態下，在看到大家都在買，而一窩蜂的在「為買而買」的心態下，去找一支「價格不高，頻寬也不寬」的卜巴杵。我經常跟這一類找卜巴杵的朋友這麼解釋，卜巴杵之價格的高低，關係到文物的年代價值、文物的稀有性，而往往頻寬高的卜巴杵價格都不低。固然市面上有的卜巴杵之價格並不高，依我多年來接觸卜巴杵的經驗，在比例上而言，價格低的卜巴杵，頻寬相對就不高，在保護性與使用上而言，就難達到預期效果，這就好像拿著掃把上戰場打仗，我認為那還不如不要拿。同樣的，也是有很高價格的卜巴杵，那在頻寬的寬度、高度與厚度上，自然也就會等比的提升，不過這在一般人而言，在還沒有那麼大的戰場前，應該先思考有沒有這個必要？如果尋得的卜巴杵所能開啟的頻寬，已經足夠自身來使用，那實在無須多花錢。

不過，如果手邊有餘錢，想要購買價格更高頻寬更廣的卜巴杵，讓卜巴杵的功效在發揮上更游刃有餘，也是可以的。這就好像三十坪的房子絕對足夠一家四口住，但經濟狀況許可，花多一點錢買一間一百坪的房子來住可不可以？當然是可以！一百坪的房子住起來一定會比三十坪的房子舒適與寬敞，這就好像三千cc的車子一定會比一千五百cc的車子好開，也跑得比較快的道理是一樣的，但是耗油量也會跟著增加，所花的錢就會比較多。所以說，若要藉助卜巴杵的力道，讓人生的道路順遂一點，可以依照自身的經濟能力，先選目前最需要的一支卜巴杵來用，或是同時選用不同屬性的卜巴杵，讓每一個區塊都有堅硬防護，甚至把預算提高，獲得更大的頻寬也行！不過，我再三強調，購買卜巴杵的錢，一定不要影響到家中經濟，或是借支來買，這樣子使用卜巴杵才有意義。

10

能否代為設定？

我找到重新設定的樞紐，那可不可以幫他人的卜巴金剛、大鵬金翅鳥、卜巴杵設定？

關於這個問題，就要從經常有人請我鑑定普洱茶講起。在我開設古董店的這些年當中，尤其是在鼓勵大家常喝陳年普洱茶的過程中，就經常遇到代為鑑定的事。因為現在是資訊開放的年代，在網路上搜尋相關資料太方便了，同時任何人都可以在網路上開設一個賣場，所以許多商品都很容易在網路上找得到，當然就有很多人利用這個管道來相互比價，或是擷取商品照片四處請人鑑定與鑑價，再來決定要不要買？而我就經常收到朋友或讀友傳來的商品照片，請我代為鑑定。而我呢，則是回給他們我開古董店以來的制式回覆：「老茶房本業是經營古董行業，在日誌上也極力推崇大家都來喝陳年普洱茶，但一旦涉入買賣行為，或是同業與他人的藝品或茶品，老茶房一向秉著和氣生財原則，從老茶房古董店開業之初，便自訂下一個規矩，就是，不涉入同業與他人之藝品或茶品的評斷、檢視、推薦與解釋，免得招來誤會。」我就是用這段軟性的拒絕，告訴大家我不會也不便幫人鑑定茶品。後來，在卜巴杵的話題逐漸談開之後，就開始出現希望我代為鑑定判別市售卜巴杵的要求。對於卜巴杵，我就不能用軟性的方式拒絕他們，因為這事兒茲事體大，而我認為，既然問了我，我就有告知的義務。

之前，就有一位非常支持我的理論的讀友，稍來訊息說，他有一位多年好友，很早以前買了一支卜巴杵，近來他的經濟狀況不好，想釋出這支收藏多年的卜巴杵，換得現金，所以這位讀友詢問我，可否把卜巴杵的照片傳給我，請我幫忙看看，他說對方開的價格不高，如果東西正確，不是仿品，他就把它買下。因為這位讀友經常造訪我們成立的〈讀書會〉，在交集上也算是有某些程度的熟悉，所以我就回了一篇非常直接又直白的回覆。而就因為同樣又類似的問題太多了，每一段時間總會出現一兩則，所以我乾脆把我回給這位讀友的回覆原文放在書中，讓大夥知曉，為什麼我都不涉入他人文物的設定。回覆原文如下：

老弟，看不看照片？都可以！因為那不是重點。重點是，看了照片以後，才是問題的開始……

如果是「假」的？你買不買？

一、確定是假的，你一定不會買，因為你不是傻瓜，不可能在明知的情況下，還願意被人騙；但是，這樣是不是就無法了結你於某一世曾經誆過他而「欠」下的因果債；

二、明知是假的，還買，出發點是助人，純粹是為了幫他度過經濟難關；那，這樣子是不是害他欠下「賣人假貨」的因果債。

如果是「真」的？你買不買？

一、確定是真的，你八成會買下，但是，別忘了，持有任何與當時古王朝那件殺戮事件有關的造型文物，都是卜巴攻擊的目標，那買了後，你是不是帶回一件在家四處放蜂炮見人就攻擊的麻煩物？那豈不是自找麻煩！

二、確定是真的，買下祂以後，那你要怎麼「整理」祂？要怎麼設定祂？要怎麼讓祂的攻擊目標轉而面對「外人」？

這時你一定會想，可否由我出手來設定？就能解決問題。我，一定有辦法設定，但是，我能插手設定嗎？我可以告訴你，我一定可以設定，但我一定不能介入設定。為什麼？原因如下：

一、這只文物，會到誰家？而攻擊誰家人？這是一個因果，因為，或許這家人在某一世甚至這一世曾盜取或複製不該碰觸的文物，所以卜巴杵所屬的大鵬金翅鳥的能量只是循線而來，忠實的執行祂的任務。因為這樣，所以不能介入，一旦涉入，便有干涉因果之嫌。

二、我縱使擁有一把可以開啟天下大門的萬能鑰匙，但是我能任意去開別人家的大門嗎？當然是不行！這就好像警察雖然有權可以破門而入抓壞人，但也不能任意侵入民宅，除非拿到法官開立的搜索票。

三、我縱使擁有一把可以開啟每一個房間的萬能鑰匙，但是，我能不經鄰居同意的，就直接進到鄰居家，很雞婆的，或是自認為是很熱心、在做好事、在做功德的，把鄰居家已經年久失修髒亂不堪而且四處壁癌的屋子打掃修理一番嗎？當然是不行！如果我這麼做，不只花了錢出了力後得不到鄰居的感謝，反倒會被指為強梁匪盜。

四、最後，基於一個亙古不變的道理，所以不便也不能介入，我就講一個故事來說明，那就是「賣車的業務員，有義務把車鑰匙和操作手冊交給買車的人」，這樣的交易才算完成，這個業務員才「不欠」購車者。

如果今天有一個人，向有品牌且掛保證的大車商的業務員買了一輛車，但是車商或業務員收了全額車款，把車子交給買車者時，卻沒有「盡責」的「把車發動」，甚至沒有把「車鑰匙」和「操作手冊」交給買車的人，更恐怖的是，居然連「方向盤」都沒有幫客人裝上！因為這樣，買車的人以為車子原本設計就是沒有鑰匙、沒方向盤的，使用車子時是用「推」的，於是他買了車子之後，無論走到哪兒，都很辛苦的「推」著這輛車子到處走，就因為這輛車「沒方向盤」，所以車子在馬路上也就像無頭蒼蠅似的不聽使喚，不只自個兒經常被自己的車撞到，甚至四處亂撞人。後來有一天，他突然知道原來車子是可以用「鑰匙」發動的，是可以裝上方向盤「操控方向」的，又知道原來車子的功能是那麼的強大，於是乎他去找到擁有鑰匙、可以發動車子、可以幫車子裝方向盤，又能幫車子的行車電腦重新設定功能的那個人，希望他出手一下，幫他發動、幫他裝方向盤以及幫他設定那輛四處撞人已經成為累贅的車子。

而這個擁有車鑰匙的人，則是對所有上門希望幫忙發動車子的人都這樣說：「你應該去找賣你車的人，畢竟他才是收了你的錢的人。」但幾乎所有上門要求幫忙的人都會不死心的說：「也許車商或業務員，自己都不知道車子需要鑰匙、方向盤這件事。」這個擁有鑰匙的人回答的也都是一樣：「他們知道，只是他們找不到。」

老弟，看到這，知道最嚴重的問題在哪兒嗎？那就是找不到車鑰匙沒法裝方向盤，不是車商或業務員的錯，錯就錯在，不知道車鑰匙、方向盤在哪兒，就不應該扮車商賣車子，如今賣了一大堆沒鑰匙、沒方向盤的車子在馬路上橫衝直撞，傷己、傷人、傷無辜，這才是最糟糕，也是最害人不淺的地方。

老弟，知不知道我為什麼那麼篤定的認定「他們知道」？因為，自古以來，應該說是當時那個古王朝所屬的「本教」修行人遭到毀滅性殺戮之後，只要在宗教修為上達到一定程度的修行者，都知道在虛空中有一股非常厲害的能量在盤旋，而且幾乎知道有這股能量存在的修行者，都想「破解」或「驅動」或「驅使」或「操縱」這股能量，甚至欲把這股厲害的能量「取為所用」或「為我所用」。我為什麼這麼說？因為在宗教界普遍存在的「加持」的動作，就是這樣的意圖，而「開光」「點眼」甚至「辦法會」「請護法」的動作，也是一樣意圖的反射行為，都是站在「我來決定」的出發點，試圖操弄或施放那股厲害的能量。那股力量，就是當年被釋放出去的卜巴，也就是大鵬金翅鳥。

那，那股力量被人家找到了嗎？我想，一定有人找到了，但這不是重點，重點是，找到的人，能控制嗎？我想應該不能控制，因為，當年把卜巴釋放出去的古王朝國王，根據多位靈學專家證實，已確認轉世到這一世，而他在毫無藏傳佛教修持的經驗中，異常的對卜巴金剛、大鵬金翅鳥、卜巴杵情有獨鍾，而且終其一生都在找尋控制卜巴甚至召回卜巴的方法，據我側面得知，他已經找到當年驅動卜巴的那段咒語，不過對於怎麼樣才能正確召回卜巴，應該是還沒有找到，因為，如果卜巴已經被召回來，那這個世界的紛爭應該越來越少才對，事實上咧，現在這個世界越來越亂，人禍造成的災難不斷的增加，由此可見卜巴的任務還在執行中。

看到沒？就連這位國王的轉世者都控制不了卜巴，那更別談一直都是卜巴攻擊目標的那些持咒、念佛、蓋廟、收藏文物的修行者了。

所以，老弟，我們就純探討，針對「你的朋友要讓出卜巴杵」一事。如果，這件卜巴造型文物「是好物」，他怎會捨得釋出？他又怎會走到「好像缺錢」的地步？在這種情況下，你還要去接這個燙手山芋嗎？

不瞞你說，自從我解開《不存在的真實》之真相後，我確實「善用」了卜巴的力道，讓自己在做事上出現事半功倍的成果，即便是如此，我不會把這個祕密據為己有，反而是有機會就跟人提及大鵬金翅鳥、卜巴金剛、卜巴杵之事，希望大家都來「善用」卜巴之力，讓生活之途順遂一些，我這麼做的目的無他，純粹是站在「與人分享」而已。但是，只有少數人循線得到卜巴的助力，至今依然維持「不錯」的榮景；絕大部分的結果卻是令人沮喪，因為大家都是用「比價」的角度在衡量卜巴杵的價值，完全忽略「設定」才是關鍵、「頻寬」才是重點，幾次之後，我對於推廣卜巴之事，便轉為低調與被動，甚至冷淡，除非有人主動問及才會說，就像你上次主動問我，我才跟你解釋卜巴之事。

以上，就是這位熟悉的讀友請我代為鑑定，我給予的回覆。從那時候開始，只要有人請我代為鑑定，甚至請我代為設定，我就把以上回覆原文貼給他們。所以，如果你看了書以後，也興起這樣的念頭，那麻煩你，請先看一下以上回覆文，因為這就是我的立場。

而就在我寫這本講述卜巴的書至這一篇內文時，突然接獲當年把卜巴釋放出去的國王之轉世者辭世的消息。我聽到消息後，心裡感嘆了好久，因為，除了對人世間的無奈與無常感到自己的渺小與無能為力之外，亦對世人能夠控制卜巴之事感到機會渺茫甚至遙遙無期……

10

能否代為設定?

後記

我，跟大家一樣，跟全世界的人都一樣，是一個「人」，不是「神」；我會感冒也會發燒，不吃飯也是會肚子餓，手指頭被割到也是會流血，碰到欺人太甚的事也是會生氣。我深入接觸宗教三十多年，最反感的就是把「人」當成「神」一般的神格化崇拜，所以我才不時把這句話掛在嘴邊：「我希望你是相信我的理論而跟我買，而不是崇拜我這個人而跟我交易。」所以，在我知道這個「重新設定」的「樞紐」存在後，我就針對每一件我經手賣出的古董文物暗中的「重新設定」，把它的傷害能量「轉而向外」，把它內在的幫助能量重新啟動，但我幾乎不會跟客人說我做了這件事，因為我把這個「重新設定」動作視為是針對相信我、信任我而跟我買古董文物的客人，一個默默的回饋。

而，對於「我做了，而不講」這件事，在二〇一五年中時，來了一個意外的插曲，才被無意間給掀開，或是把它說是「引爆」也不為過。

一位五、六年來跟我固定買東西的客人，他是竹科工程師，有一次來訪時，他突然問我：「老茶房大哥，請問在你推廣的『老珠子』【物能養身】《一定瘦》和『陳年普洱茶』以外，是不是還有什麼對人有幫助的東西？……」我聽他這麼問，於是好奇的問他怎麼會這麼問？他說：「因為我覺得你一定還有什麼事或是什麼東西，只是你沒有說……」原來，他做任何事向來都是發揮工程師實事求是的精神，任何接觸到的事，一定想辦法把來龍去脈弄清楚。因為他從小是在長輩篤信佛教的家庭中長大，每年過年期間從除夕前一天一直到年初五都是在住滿出家人的寺院中度過，同時家中的叔叔也開設了一間如同是「家廟」的密宗道場，而自己本身也是很虔誠的有在修持藏傳佛教儀軌，所以說起來他跟我一樣，也算是個深入宗教之人，對於宗教尤其是藏傳佛教有一定程度的瞭解。不過，他對於我有一些事一直弄不清楚，也一直想不透，在他工程師那種強力理智的精神中，在他從小到大在宗教圈中打滾的經驗裡，都沒法找到合理的解釋，於是乎那一天他終於忍不住問了我。

我聽他這麼問，又是問得這麼直接，於是回說：「你要聽真話？假話？還是應酬話？」這位工程師立刻回說：「當然是要聽真話！」聽他這麼說，腦海中突然湧出一個強烈的念頭：「說，就告訴他！」於是單手往前面的椅子一欠手，說道：「坐！~你想知道，我就告訴你！」然後用了將近兩個小時的時間，把「卜巴」的存在，把佩戴「卜巴杵」、安立「卜巴杵」的幫助，擷取摘要的跟他說。

他聽完之後，大為驚訝，應該說是不露痕跡的震驚，因為他們家的佛堂就立有三支卜巴杵，因為我跟他說的卜巴典故在他熟悉的藏傳佛教的道場中從沒聽過，因為他早就覺得他們家的佛堂有一種捉摸不到的不對勁……從那天以後，這位工程師有空就跑來，針對卜巴杵的事情一段一段的問，同時自個兒也開始佩戴經過重新設定的卜巴杵，沒多久之後，他發揮工程師的精神，陸續在網路上公開發表了一系列他本身佩戴與使用「有經過重新設定」的卜巴杵與老珠子的個人體驗分享文。因為工程師的夫婦兩人天生都具有不同程度的敏感體質，所以文字的描述特別深刻也生動。就這樣，這個封存了千餘年的事，就這麼被打開，讓不少看過工程師文章的人，與起佩戴與使用卜巴杵，或是循線來找卜巴杵。於是乎，就這樣，一路意外的發展，促成了這本書的問世。

後來，這位工程師和不少人都問過我一個問題：「以後，我不在了，那誰來設定卜巴？」

我跟他們說，放心，天無絕人之路，我相信，在我之前，一定有能夠重新設定卜巴能量的人存在過，或許是他比較低調，或是他跟我以前一樣都不說，所以大家不知道而已。在我之後，我更深信，也一定會出現擁有重新設定卜巴能量之能耐的人，只要這本書正常問世，讓古王朝這段過去躍上檯面，讓大家知道原來在我們的虛空中有這麼一般籠罩世界各角落專門製造人事禍害的能量存在，自然的就會積極找出下一個擁有重新設定卜巴能量之能耐的人，這樣子他很快就會被發現。

大家也別花心思去找召回卜巴的方法，因為我在解讀生命真相的過程中，無意間讓我發現重新設定卜巴的樞紐，但我並沒有因此而自滿，我依舊試著要找出召回卜巴的方法，但一直沒找到。事實上，就算找到了也沒用，因為唯一能關封卜巴的圓盒在一千多年前已經毀掉了，卜巴召回來，要關在哪兒？應該說祂要待在哪兒？所以就我個人的認知，這個問題，目前無解。

最後要說的是，對於現在宗教界很盛行到世界各地四處弘法的舉動，到底正不正確？到底是在四處消災祈福？還是在四處散播災難？相信誰都不能給一個標準答案，就算有也一定是各說各話。不過，任何的行為與理論，對或不對？用「結果論」來看，便能分曉。只要事後冷靜觀察一下，在這些高僧大德、活佛喇嘛、智者大師……來過以後，弘揚法會結束後，結果咧，這個地方有沒有變得比較安寧？這個地方的災禍有沒有變得比較少？這個地方的紛爭有沒有漸漸平息？如果有，那就表示他們是如宣傳上說的是在四處消災祈福；如果沒有，甚至還變本加厲，那就證明了「卜巴詛咒」的說法是存在的，因為惡靈卜巴的攻擊能量，正隨著他們四處弘法的腳步，在四處散播。

大家唯一能做的，唯有自保，就是遠離宗教，如此而已。

本書內文結束。

等一下，那，本書的封面、封底、內頁，印有卜巴金剛、大鵬金翅鳥、卜巴杵，還有金剛彎刀等的圖片，這會不會召來卜巴，而攻擊或擾亂買書的人、看書的人或是藏書的地方？

這一點我早就想到了。的確，確實會召來卜巴！因為只要是當年古王朝所遺留下來的資產，無論是造像或圖騰，卜巴都會循線追之，這本書自然也不例外。不過，既然我找到重新設定卜巴的樞紐，自然不會讓買這本書的人、看這本書的人、愛這本書的人或是藏這本書的地方，反而受到攻擊或擾亂。所以，我針對從我這裡印出、發出的每一本書，我把卜巴的能量設定給「這本書」本身，設定的功能或方向呢？就是讓「這本書」在推廣上，能夠順利又長久。

很難懂是不是？那就用一個簡單的例子來說，就是，從自己的口袋掏出自己的錢，買雙鞋給自己，穿在自己的腳上，讓自己走更遠。

但是，如果這本書被有心人拿著去翻拍、複印或是擷取書中內文圖片，而用之，那就不在此限，我也顧不了了。

有很多書的「版權頁」中都會印上「版權所有，翻印必究」之類的主張警語，藉此保障作者辛苦創作的權益。這本書，不用印上這句警語，因為，只要做了，卜巴就到了，卜巴追究的力道，遠遠勝過法律，而且沒有法律追溯期。

【附錄一】

神鬼祖先一線間

前面主文中有講到可以設置〔家杵〕安立於家中或是神桌上「鞏固家運」，不過礙於閱讀書本內文的流暢度，在前面主文中對於這個議題並沒有做深入且廣泛的說明，因為要把這個議題講清楚，一定得要相當大的篇幅才行，而且要從「祖先」的起源，「祖先」與「神明」的關連說起，才能完整陳述。這麼一來，這個單一議題的篇幅就會過大，也就一定會影響內文的流暢，所以才特別把這個議題以【附錄】方式，把它編於文後，讓對「靈學」之事有興趣的讀友，可以多一個省思空間。

要讓「家運好」，唯有誠心祭拜祖先一途；若要「鞏固家運」，那就有一些竅門了。

●家運

書中一直提到「有無拜祖先」，直接影響「家運的興衰」，這「家運」的依據是什麼？要如何斷定？是不是家中有錢就表示家運好？

在我這二十多年鼓勵大家要「拜祖先」這件事上，最常遇到的軟釘子就是：「那個某某人家中沒拜祖先，他們家也從來沒缺過錢，幾十年來依舊是個住豪宅開名車的『好野人』……」。關於這一點，就不得不特別說明一下。

一個人在這一世的錢財多寡，牽涉到上一世的所作所為。這一輩子有花不完的錢，這絕對是他們上一輩子作了什麼讓老天爺不得不獎賞他們家主人的事，而這就是所謂的「福報」。但，千萬不可因為如此，就有了可以「不拜祖先」的理由。因為，有錢，並不代表就是「家運好」；家底豐厚，也並不表示就是「家運興旺」；絕大部分的家財萬貫，都是一種「福報」。反過來說，當福報享盡時，也就是兵敗如山倒樓塌鳥獸散之時。所以說，別羨慕一時的富豪，因為這不是「家運」。

這「家運」，它不是用單一的標準來衡量；「家運」是「家庭運勢」的簡稱，亦是泛指「整個家族的運勢」，它是綜合好幾個方面的狀態來判定興衰，這其中，又以「錢財」「六親關係」「身體狀態」這三方面的實際狀態，總合之後的結果，才能夠準確判斷「家運的興衰」。

●「錢財」：這個不用多解釋，人生在世，樣樣都需要錢，錢夠不夠用？生活上缺不缺錢？有沒有貸款負債？……即可做為這方面的依據。

●「六親關係」：泛指家中成員的關係，夫妻感情是否融洽？父子、母女感情是否有隔閡？兄弟、姊妹、妯娌之間是否有異心？年老時是否孤獨無依？

●「身體狀態」：家族成員中的身體健康狀態，是否輪番罹患重病？早夭意外？是否經常無端出現橫禍？經常出現大小意外？是否大小毛病不斷？

以上，三方面中的狀態，綜合起來論，都沒出現不好或負面的情事，才是屬於「家運好」！如只有單一方面不錯，或是兩方面很好，但另外一方面卻不佳，那就不能說是「家運好」。

在這些年當中，在有實際接觸的家族當中，我發現，只要「按規矩拜祖先」的人家，不一定所有的家族都是大富大貴，但基本上上述那三方面的運勢，都維持在不錯的狀態。反觀沒拜祖先，或是有拜祖先但是沒按照規矩馬虎拜之的家庭，在以上三方面的運勢中，或多或少都有明顯的缺憾。

說到這個「缺憾」，有一件事，我乾脆利用這裡把它說清楚，因為，我不時的會接到這樣的疑問：

問：您說，您家中都有「照規矩」拜祖先，按說屬於「家運」中的「

身體健康」方面理當順遂才是，那您的夫人應該不會遭遇到所謂的「醫療疏忽」以致造成終身洗腎才對，不知您如何詮釋此事？

這是我的回覆：

關於這事，說來也許大夥不相信，就如同我在書中說的：「我的妻子身體，是命，不是病。」在她三十八歲身體突然發病時，經多位熟識且精通紫微斗數的老師排過她的命盤，都算出她的陽壽只到三十八歲，也就是說，妻子器官突然衰竭的那一年，理當按照命運軌道的安排，離開人世間。但，或許是我對著老天爺賭氣的說：「要是這一次孩子的媽走了，我從此不再觸碰玄學領域之事；如果這次孩子的媽能渡過難關，我將開始『正面看待』我所知道的事，而且，我也會開始做、開始說、開始寫、開始推廣。」在妻子出院後，我也依諾的用「不休息」的態度「一直做」，而換得妻子再留人世二十年。

在妻子罹病初期，曾有一位具有通靈能力的朋友，熱心的主動進入靈界察看妻子的「命書」，亦有人稱是「生命燈」，欲知妻子陽壽情況，但卻看不到，因為他說，妻子的「命書」被「列管」，所以不在正常軌跡之中。這就好像一輛汽車在路上正常行駛，遇到臨檢時，執行臨檢工作的員警卻無法用隨身的電腦查到這輛汽車的任何資料，因為這輛汽車被某個高階單位徵調用在特殊任務上，而基於安全的理由，所以被國家安全單位「列管」，因此監理站才查不到這輛汽車的車籍資料。也就因為這樣，我才更努力、更用力、更賣力……的解生命真相，寫已知的訊息，出版目前大家看到的這些書籍。這也是我在書中所述：「無論現在與未來，所有因《不存在的真實》而找到生命真相、因《生命基金》而踏上健康坦途、因《一定瘦》而徹底擺脫肥胖困擾，所衍生出的一切榮耀與功德，都屬於妳，我的妻子！因為這一切，都是妳用二十年不離病榻的代價所換來的。」的原因。

如用另一個客觀的角度來看我妻子的病體，她的身體在這二十年中，經歷了無數次的大小手術，又因為腎臟移植必須服用對身體其實具有非常大傷害的抗排斥藥物關係，身體內的器官已多處受損衰竭，這其中以心臟問題最為嚴重，到往生前最後幾年，因為心臟肥大導致功能衰竭，經檢測心臟只剩下18％的功能，但即便如此，她還是行動自如，上市場下廚房，自行料理生活大小事，直到往生，沒有坐過輪椅，沒有歷經過失能臥床的日子。如用「行動自如走完這一生」這個角度來看待，這似乎也印證了民間諺語「祖先安穩，後人無礙」的論點。

●天大地大，祖先最大

現在就來說「祖先」事。《祖先》書中特別強調，對於自家的神明廳，可以自己進行「安座」儀式，神桌上的神像，也無須特別進行所謂的「開光」。在《不存在的真實》與《祖先》書中都有解釋過，任何造型的佛像，任何形式的佛像，任何材質的佛像，一旦被塑造、雕刻、繪製完成後，就會有符合這尊佛像的能量屬性的靈進駐，等待著與祂有緣的人把它請回去供奉。所以說，你們家會買到或得到某一尊神像，這都不是偶然與巧合，家人與神像之間，一定存在著某一種關連，才會買到或得到這尊神像。

那，家裡買到或得到的神像中已經進駐的「靈」的「屬性」對陽世人而言一定都是有「正面幫助」的嗎？這倒不一定，事實上在靈界中的「靈」之「屬性」真要細分起來可是千種萬類，但我們是人，實在無須詳細瞭解「靈」之「屬性」的全部種類，我們只要在意這尊神像中進駐的「靈」之「屬性」對家裡的「家運」是「正向」的還是「負向」的即可。不過話又說回來，目前具有靈媒體質的人少之又少，絕大部分的人都無法分辨出神像中所進駐的「靈」之「屬性」是屬於哪一類？包括我也一樣，我也沒有通靈能力，我跟大家一樣，都看不到進駐在神像中的「靈」是啥模樣？既然這樣，如果買到或得到的神像，當中已經進駐對家運而言不會產生幫助的「靈」那要怎麼辦？放心，這時就是「祖先」出馬的時候了，這也是會寫這篇文章的原因。

《祖先》這本書，是在教大家如何拜祖先，是在告訴大家如何自行安座，但是，為了展現我個人不是為了「賺祖先財」才寫《祖先》這本書，所以在書本一開始就特別聲明我不是從事祖先相關行業的業者，如果看了我寫的《祖先》這本書之後，興起拜祖先的念頭，又擔心按照書中建議的安座方式自己來做，萬一有所遺漏怎麼辦？煩請直接請教從事陽宅堪輿方面的法師或業者。但是問題就出在這裡，幾乎所有的業者都反對《祖先》書中的一個環節，就是「自行安座」這一件事，尤其是對於「神像無須開光」這一點均表示反對，所有的法師或業者都主張，唯有經過他們開光的神像，才會是「正神」進駐，如果沒有經過「有道行、有功夫」的法師或業者開光的神像，極有可能會被孤魂野鬼霸佔，而紛紛來詢問他們該何依何從？

關於「神像可能會被孤魂野鬼霸佔」，我絕對贊同，但對於一定要經過「有道行、有功夫」的法師或業者開光的神像才會是「正神」進駐這一點，我就不認同了，因為神像中進駐的「能量」，無論是神還是鬼，祂們都是神像在製作的一開始，就進駐了，一旦與神像合為一體後，除非神像中的「能量」主動離開，或是把這尊神像焚毀，神像中的「能量」不會因為「人」做了開光或是法師做退神儀式而有所動搖。

那，如果神像中進駐的是「負向」之「屬性」的能量，這要怎麼辦？不用怕，更不用擔心，因為在整個家庭祭拜的過程中，老天爺都賦予每一個家庭一個終極權力，那就是「主人決定權」，也就是說，只要「家人同心」，這個很重要，一旦家中每一個人對祖先的心態一致，不是心意，是心態，那這個家庭的神明廳中的神像中該由哪一號神靈進駐，是由這一個家庭的祖先們共同決定的，就算這尊神像原本就有「靈」進駐，當祖先們不同意時，或是祖先們不喜歡這號神靈的所作所為時，祖先們隨時可以請這號神靈離開，然後請另一號與自家契合的神靈進駐，這，就是每一個家庭祖先們既神聖又不可動搖的終極權力。這也是我用「天大地大，祖先最大」當章名的原因。

很難以置信對不對？那我就從頭說起，先來解釋一下進駐在神像中的「靈」是怎麼來的？

●記憶體

人，投胎來這個世界上時，是以「靈」的型態投入到胚胎中，這個「靈」當中，沒有任何「意識」，只有上一世所作所為的「因」，每一個人都是依照這個「因」中的內涵與屬性，而形成在這一世所要面對的「果」，上一世的「記憶」，都不會隨著「靈」進入這一世的生命中。一旦胎兒呱呱落地，眼睛睜開，看到這一世的第一眼後，就會產生這一世的「意識」，簡單一點來說，就是「記憶」；這些「記憶」會一點一滴存入「靈」當中一個特定的資料夾中，隨著年歲的增長，越存越多，然後成為一個有邏輯有架構的「記憶體」。

當這一世的生命結束，肉體停止呼吸後，原本投入胚胎的「靈」

不會消失，祂會隨著生命運行的軌道離開「肉體」，但，這個時候的「靈」因為當中有了這一世的「記憶」，這個「記憶」稱做「魂」，所以有了另外一個名稱，叫做「靈魂」。按照生命運行軌道的標準流程，「靈魂」離開肉體後，會滯留在大體左近，直到大體下葬或是火化，「靈魂」才會進入下一段生命歷程。這個時候的「靈魂」會一分為二，成為「靈」與「魂」。「靈」之中，只有這一世的所作所為而造出的「因」，不會殘存任何記憶，這一世所有的「記憶」，都是在「魂」當中。反過來說就是，這一世在生活中一點一滴記錄下來的所有「記憶體」，在人往生後，便是以「魂」的型態停留在這個世界的另一個時空中。

依照標準程序，「靈」，祂會帶著這一世的「因」，投胎到下一世去面對所呈現的「果」；而「魂」，則是跟隨著陽世子孫，以「祖先」的姿態，一直滯留在這個人世間的另一個空間。這也就是我們都記不住上一輩子的事，因為我們前一輩子的全部記憶，都留在上一輩子了。

所以說，一個活生生的人往生之後，在這個人世間會留下兩樣東西，一個是「有形」的，另一個是「無形」的。「有形」的就是下葬後的大體，或是火化後的骨灰；而「無形」的就是人的肉眼看不到，人的皮膚觸不到的「靈魂」。而這個「靈魂」，就是這篇文章所要解釋的重點，因為現在我們所看到的所有「神像」中所進駐的，就是曾經「當過人」的「靈魂」。

講到這兒，初步瞭解了嗎？好，現在再進一步解釋「神像」中所進駐的「靈魂」之類別。

●靈與魂

前面說過，依照生命輪迴的標準程序，「靈魂」離開肉體，等到大體下葬或是火化後，「靈魂」會一分為二的分為「靈」與「魂」，「靈」會依照既定軌跡去投胎轉世，成為另外一個人，而「魂」則是跟隨子孫接受奉祀，成為「祖先」。不過，天下事，沒有絕對的，再精準的產品，也一定會有難以控制的「誤差率」，「靈魂」離體後的下一個階段，也是會出現非常、非常低比例的「不按牌理出牌」的情況，也就是並不是所有離體後的「靈魂」，都會按照或接受命運軌跡的安排，去面對下一個生命階段。

首先，就是原本應該一分為二的「靈魂」，或許這位「靈魂」生前的智慧與智商就不低，或許因為猝然離世壯志未酬心願未了，也有可能是原本的靈性等級就不低，還活著的時候已經透悟生命的本質，所以在往生之後，「自主性」的決定，以「無形體」的方式留在人世間，去面對還未完成之事，因此「靈魂」並未分離。這種情況下，這個不想「離開」的「靈魂」所處的地方有四：

一、使用「魂」的權限，跟隨著陽世親人，接受子孫的奉祀，成為「祖先」。

二、決定當一個逍遙客，不接受陽世親人奉祀，也不靠山不依海的四處遊蕩。

三、繼續完成未竟之志，不接受陽世親人奉祀，而離家依附在具有規模的團體或宗派之下，然後接受派駐到神像之中，成為這個團體之下的「分身」。

四、不願意再待在自家宅中，而自行決定未來的身分，因此在適當的機緣下，進駐到所選擇的神像中，以「神明」之姿，接受他人供奉的香火與祭品。

再來，就是「靈魂」一分為二的「靈」，按照規矩祂應該要投入下一個生命軌道中，成為另一個人。但是，也許生前有未了心願，或是已經厭倦不斷輪迴，抑或是想要以另一種姿態面對因果，所以決定留下來；更甚至，有突然迷路的，或是中途被招募的。這種情況下，這個沒走或不走的「靈」所處的地方有三：

一、當一個逍遙客，不靠山不依海的四處遊蕩。

二、繼續完成未竟之志，而依附在具有規模的團體或宗派之下，然後接受派駐到神像之中，成為這個團體之下的「分身」。

三、自行決定未來的身分，因此在適當的機緣下，進駐到所選擇的神像中，以「神明」之姿，接受他人供奉的香火與祭品。

最後，就是「靈魂」一分為二的「魂」，依照生命軌道的安排，以及「魂」的權利，「魂」是跟隨著陽世親人，接受奉祀，成為大家口中的「祖先」。但是、但是、但是，為什麼說三個但是？因為很重要，因為這在靈界中是最經常發生的狀況，當陽世親人或後人並沒有在家中設置神桌與祖先牌位祭拜祖先，原本應該跟隨著親人的「魂」在「無處可住」又「無食可吃」的情況之下，不得已的就會離開家，在外遊蕩，成為「遊魂」，一方面是找東西吃，二方面是找地方住。

這種情況下，這個沒有子孫供奉的「魂」所處的地方有五：

一、因為「魂」是那一世的記憶體，而最後有意識的那幾天，則是祂記憶最鮮明，也是最能記住的，因此，祂最終死亡的地方，以及最後的葬身地，就是祂「無家可歸」後的第一個會選擇逗留的地方。所以，這個家中無牌位的「魂」，就會挨餓受凍無止盡的停留在往生地（死亡地點、醫院）或是葬身地（墓地、靈骨塔），因為祂們相信，陽世子孫總有一天會招喚祂們回家接受供奉。

二、四處遊蕩，居無定所，哪裡有東西吃，就往那兒去！最常待的地方就是固定會「拜門口」也就是「拜好兄弟」的商家或民家的左近，等到他們有拜的時候，再伺機的上前搶食。

三、聚集在有固定舉辦法會或聚會的寺院、廟宇、佛堂，殷殷期盼的等待著廟堂的主神不定時發出來的救濟品。當然的，「遊魂」們為了常常能拿到救濟品，所以也會接受廟堂主神的派遣，辦一些事情，久而久之便成為廟堂主神的手下，說好聽一點稱為兵將，說直接一點就是打手。這也是坊間傳說，凡是寺院、廟宇、佛堂附近，孤魂野鬼最多的原因。

四、當「遊魂」成為廟堂主神的手下後，如果表現活躍，也會被選派為去當廟堂主神的「分身」，進駐到這間廟堂主神另行刻製的神像中，搖身一變成為「神明」接受老百姓所祭拜的香火、紙錢與供品。然後，再提撥相當比例的「所得」上繳給廟堂的主神，做為報酬，這就好像人世間的「繳稅」「繳保護費」一般。

五、「魂」，是生前的記憶，生前是什麼習性，死後也差異無幾；生前會鑽營，死後就刁鑽。當沒有子孫供奉，不得已只有四處去找進食的機會，而最快速也最便捷的管道，同時也是利益最大的方式，就是「自訂身分」，也就是時下所稱的「假冒身分」，做法是，逮到時機就搶駐到還在雕製過程中且未成型的神像中，在神像中等著，等不明就理的老百姓來把它買回去或是請回家中，這樣子祂就搖身一變成為「神明」，名不正言不順的端坐在民宅神桌上，大啖與收取這個家庭所供的飯菜與所燒的紙錢。

這樣子清楚了嗎？所以說，進駐到神像之中被人們尊稱為「神」「佛」「菩薩」的「能量」，都不是這尊神佛的「本尊」，因為靈界與人間一樣，一個人只能有一個肉體，一個「靈」只能進駐一尊「神像」；人不可能出現兩個肉體，而這尊神佛的「本尊」，也都是坐鎮在我們不知道座落在哪兒的寺院佛堂之大殿中，所有的「分身」或是所謂的「分靈」，都是廟堂的主神召募沒投胎或不投胎的「靈」還有無家可歸的「魂」，讓祂們代表「本尊」，進駐到神像中。

所以，現在大家看到的神像以及買回來或請回家中供奉的神像，當中進駐的，就是上述解釋的三種屬性：

一、往生後決定選擇停留在與陽間有密切聯繫的靈界之「靈魂」。

二、往生後不想繼續進入下一個生命階段，而選擇以「自由之身」在靈界修行的「靈」。

三、無家可歸，無人供奉，不得已成為孤魂野鬼在外遊蕩的「魂」。

看到沒？這就是在前面提到，每一尊神像中所進駐的能量屬性，在「家運」而言，有的是屬於「正向」的，同樣的也是會有「負向」

的。當中進駐的，如果是站在修行的角度而選擇留下來的「靈魂」或「靈」，那祂的所作所為就不會太離譜的以「因果」為標準，對於供奉者也會給予適當的護祐。但是，如果是酬庸性質的「魂」或是強佔進駐的「孤魂野鬼」，那就不一樣了，因為祂們都是會站在自己的利益為出發點，所以對於供奉者的需要與需求，幾乎是完全不予理會。

●牌位中有鬼!?

啥！～祖先牌位中有鬼!?～這問題就嚴重了！～拜了半天，都拜到鬼！～這還得了！～

前面說過，現在絕大部分的人都沒有靈異體質，把佛像買回家或請回來前，怎麼能過濾出神像中進駐的到底是「正向的神」還是「負向的鬼」？一般人當然都不行，但是，身處在同一個領域，而且屬性也接近的「祖先」就可以！只要，家中祖先牌位中每一片內板上的資料書寫齊全，尤其是有註記「奉祀後人」之名，那祖先即可名正言順的進住，同時取得小自整個神桌，大到整間屋子的「自主權」與「決定權」。

「自主權」，就是整間屋子會立刻升起一個保護罩，把屋子牢牢的包覆，除了這個家族的祖先可以自由進出之外，任何未經家族祖先同意的「靈」或「魂」，皆會被請出或趕出保護罩外，不得逗留與進入。

「決定權」就更明確了，神桌上供奉的神像，以及家中收藏的神像，無論當中是否已經有神靈進駐，都要經過家中祖先同意後，才能繼續駐在神像中。如果祖先不同意原本已經進駐在神像中的神靈，那神靈也沒有理由的必須離開神像，到屋宅的保護罩之外。祖先們最後一項權利，就是把原本進駐在神像中的神靈請出或趕出家門後，祂們可以主動邀請與這個家族意趣相投或是能夠鞏固家運的神靈，進駐到神像中，坐鎮宅中，使其永保安康。

看到沒？無論原本神像中進駐的是神？還是鬼？大家都不用太擔心，只要把家中的祖先牌位按照規矩書寫，讓祖先們取得合法的所有權後，祖先們自然的會幫我們過濾與淘汰，甚至進一步的幫後代子孫選擇「正向能量」屬性對「家運」有絕對幫助的神靈進駐，所以你就不用擔心家中牌位中是否有鬼了。因為，祖先們基於「自身的安全」與「自身的利益」，祂們會比你還在意。想想看，子孫們誠心供奉的飯菜，都被孤魂野鬼吃了，那有多冤枉！還有，子孫們孝敬的金紙，還要被瓜分的拿大部分去繳保護費，那有多嘔！所以，放心，當祖先一旦取得屋宅與神桌的「自主權」與「決定權」後，祂們做的第一件事，一定就是「清理門戶」以及「敦聘賢良」！

●所有權人最大

我曾經在〈讀書會〉舉辦的「祖先座談會」上主張這個論點，但與會的讀友還是有少部分的人會質疑說：「祖先真的能趕神嗎？」或是「祖先可以決定神的去留嗎？」

我回說：「絕對可以！」但是，絕大部分的人都沒有靈異體質，所以都無法親身經歷的證實「祖先的能耐」。不過，還是那句話「萬法不離世間法」，任何理法，如果不能符合人世間的倫常與邏輯，那這個理法就是不對或不通；反過來說，如果可以吻合，那就無須靈異體質就可以證明它是對的！

就用「萬法不離世間法」的邏輯來解釋，家裡的祖先牌位內板的資料書寫正確，祖先就有如人世間取得房屋的所有權狀，成為房屋的所有權人，那祖先當然可以主張這間房子內的所有權益，就算是再大官階、再高地位的官員來，都不能變更或左右房屋所有權人的任何決定。

再另外用一個例子解釋。一旦祖先牌位內板的資料正確，那祖先就等同經過正式管道把戶口遷入，成為戶口謄本中的「戶長」。這「戶長」的權力有多大？就算是掌管全市市民的市長、掌管全國治安的內政部長、掌管全國政府的行政院長，甚至總統，在「民宅」的「自主權力」而言，他們都沒有「戶長」權力大。就算市長、部長、院長甚至總統要到民宅拜訪，沒有這家「戶長」或是「家主人」的同意，他們都不能入內，因為這是憲法賦予百姓的權利。同樣的，一旦家中祖先名正言順的進住到牌位中，就如同立刻成為「戶長」或是「家主人」，任何佛菩薩，任何神靈，任何遊魂，沒有祖先的同意，都不能任意強佔或進入民宅，也不能在民宅中逗留，這是老天爺賦予「有子嗣奉祀的祖先」的權力。

這也就是在《祖先》書中提到，只要祖先牌位內板的資料書寫正確，整個屋子隨即會升起一個防護罩，任何孤魂野鬼，甚至神明，非經同意，均不得擅入的原因。

所以，別擔心家中神桌上的神像中，進駐的是誰？放心，天大地大，祖先最大！家裡的祖先們會篩選、過濾與審核，只要是祖先們同意，那就一定會是對家運有幫助的神靈。但是，先決條件一定要祖先「能夠進住牌位中」，而取得「自主權」與「決定權」才行。因此，這就顯得祖先牌位內板的資料書寫的是否正確的重要了！

家人一定要同心

在前面〈天大地大，祖先最大〉章中有特別強調一個重點，那就是，只要「家人同心」，家中每一個人對祖先的心態一致，那祖先就可以享用老天爺都賦予每一個家庭一個終極權力，那就是「主人決定權」，這個時候祖先就可以決定家中神明的去留，或是由哪一號神靈進駐。反之，倘若「家人不同心」，那麻煩就大了！這不只會引狼入室，還會造成祖先們被外來的強梁匪寇欺負凌虐的局面。

最常見的狀況有：

- 家中有家人對於宗教存著執迷的信仰；
- 家中有家人經常參加寺院或宮廟或教堂所舉辦的活動；

●家中有人經常流連寺院或宮廟或教堂；

●家人間對於宗教存著不同信仰，例如家中有人信佛教，有人信基督教；

●有家人在家念經、持咒、禮拜、打坐、冥想、禱告、許願、祈求；

●有家人在家中設置神壇、祭臺；

●對於家中的祭祀心態以「神明為大」；

●會經常讓寺院的法師、宮廟的老師或是允許自詡是修行者的師兄師姐來家裡念經施法；

●會經常從外面拿回寺院或宮廟加持過的物品放在家中，甚至放在神桌上；

●會在家中或大門外張貼或擺放寺院或宮廟印製的咒語紙、神像圖片或是宗教圖騰；

●會在家中門外設置天公爐，或是每每跟家中神桌上香後，也會在門外、窗外插一炷香；

●等等、等等……

有以上狀況，就會出現閩南諺語說的「乞丐趕廟公」之情況，會造成外面的孤魂野鬼或強梁匪寇可以「公然進出」你們家，或是在你們家埋下宛如卡通「多拉A夢」中那個「任意門」，這個「任意門」就會像是一個「黑洞」，外面的孤魂野鬼就能不經你們家人或是你們家祖先的同意，任意進出你們家，尤其在你們家祭拜祖先的日子，會大量的透過這個管道湧入家中，搶食祭拜品。

怎麼會這樣？一般人看我這麼描述可能很難理解，甚至是難以置信，一定會想說，不是我們家的人，強入我們家，難道我們不能把他們趕出去嗎？難道這世間就沒有王法天理嗎？沒關係，有疑問才會有進步，我們就用「萬法不離世間法」的事例來解釋。

家中的祖先，就宛如家中的長輩，他們辛苦守護這個家，照顧這個家，省吃儉用的讓這個家壯大。有一天，家中有一個家人不學好，在外面混黑道，不只這樣，還把外面的壞朋友帶回家來，住在家裡，吃家裡的食物，用家裡的器物，甚至欺壓家中長輩，那你說這個長輩能報警抓他們？不行！因為他是家人帶進來，家人允許的，家人同意的……無論他是不良少年或是地痞流氓，在你們家恣意妄為，家中的長輩都不能對他們怎麼樣，甚至也不能報警抓他們，就算警察來了，也不能逮捕他們，因為他們是家中的成員同意他們進來的，警察會認定這是「家務事」，而屬於「家務事」的事，公權力是難以介入的。

就是這個道理，如果家人「不同心」，有上述的幾種狀況，那就會形成「公然同意流氓惡霸進駐我們家，或是任意進出我們家」的情況。所以，不是沒有天理王法，而是天理王法都管不了，因為這是凡人自己造成的事，必須自己去解決。警察的職責是維護治安，不是幫百姓管教敗家子，除非這個敗家子做出危害治安的事，警察才能出手把他抓起來。

而會出現被黑道流氓盯上的原因，其實是因為「家中拜祖先」的關係。如果家中沒有按照規矩祭拜祖先，甚至根本沒在拜祖先，這不只祖先沒飯吃，肚子餓，受飢寒，就連外面的孤魂野鬼或是惡魂惡霸對你們家也不會有興趣，因為沒油水可撈、沒好處可拿，就算佔了你們家也吃不到東西。不過，如果你們家在年節忌日有準備飯菜金紙祭拜祖先，尤其準備得又很豐盛，或是家人固定都會在家裡念經持咒、禮拜打坐、冥想禱告、祈求許願，那就不一樣了，因為這在孤魂野鬼或是惡魂惡霸眼中，你們家是一個隨時有油水可抽的豐厚寶地，既然隨時都會有東西吃、有錢拿，祂們就會想辦法強入你們家，或是用名目進駐你們家。

如果你們家有按照規矩祭拜祖先，祖先們的氣勢就會旺，祖先們的拳頭也會比外面的流氓還要粗，那祂們也就不怕孤魂野鬼的強行進入，因為祖先們會用自己的拳頭把孤魂野鬼趕出去。不過，如果外面的惡魂惡霸以「名目」進駐你們家，那祖先們就不能拒絕祂們進入，也難以抵禦，甚至整個神桌會被這些外來的惡魂惡霸給霸佔，然後大剌剌的在你們家享用你們祭拜祖先的豐盛祭品和金紙，祖先也不能提出任何主張，因為這些惡魂惡霸是家中的家人同意祂們進來的。

看到這兒，你一定會問，如果家中無法做到「家人同心」，自己又很想好好的拜祖先，難道這就沒法可以解決嗎？有，有辦法！如果無法可解，那我就不會把這些事寫在這兒了，別急，繼續往下看，因為這牽涉的層面太廣了。

● 尊重為生靈之本

固然家中的「神明廳」主要的奉祀對象是「祖先」，就如同《祖先》書中的解釋，在家中的神桌上供奉神明，是基於一種「尊重」，哪怕是這尊神明對於「家運」而言一點建樹也沒有，但是，站在「倫理」的立場，我還是覺得應該給予一個起碼的尊重。我們就依「萬法不離世間法」的邏輯舉「父母」為例來解釋。生我養我的父母，在他們老了之後，照顧他們、奉養他們是身為人子女責無旁貸的責任與義務。但是對於隔壁鄰居的老人家，或是別人的父母，他們不是我們的親人，也沒有照料過我們，就算這些老人家為人不和善，也有可能曾經作奸犯科，但是基於倫常，身為晚輩的我們，還是應該以尊重的心態來看待這些老人家，這是為人處事最起碼的一種態度，我們就用這種態度來面對拜祖先的事，就能夠找到最適當的供奉之法。雖然，家中祭祀如果只著重在祖先部分，對於神桌上的神明我們都不理會祂，甚至神桌上只有祖先牌位都不供奉神像，神明也不能拿我們怎麼樣，更不會影響祖先們的權益，不過，放置神像是站在「尊重」的立場，那在我們的「家運」中，也會蘊藏著對於萬事萬物都會有著「包容與尊重」的豐厚能量。

就依我個人來說，我們家中的神桌上，也是按照制式標準安放了一尊神像，但是我對這尊神像，在上香時，我都是站在「尊重緣起」「尊重體制」「尊重管理」的立場而奉祀，就像是「尊重政府」「尊重教育」「尊重領袖」的心態，哪怕是在政府中也是會有不盡職的公務人員，在學校中也是會有不適任的教師，在歷任的領袖中也是會有不良的領導，但是基於我們都是體制內的一員，對於維持著體制運轉的原始動力，都應該給予一個尊重，這才是身為一個生靈最基本的態度。所以，雖然我們家神桌上的神像尺寸大於祖先牌位，不過在奉祀的心態上，對於神像，我純粹是站在「尊重」的立場，從來不會對於神明寄予厚望，或是有任何尊卑想法。

對於「祖先牌位」則不同，我是以最高深的「崇敬」，把祂們視為是「源頭」的看待祂們，每次上香，都是用最平靜、最深沉、最服貼的心思祭拜。而我們家從安祖先那一刻開始，我們一家人就都是這樣的心態，所以也沒出現絲毫不妥，在我還沒瞭解卜巴杵之前，也沒有立﹝家杵﹞在神桌上，在家運上也沒感覺停滯或變差。後來接觸宗教越來越深，瞭解的越來越多，涉及的越來越廣，發現到並不是每家人在奉祀祖先的態度上都是以「祖先最大」的心態在祭祀，而都是以「神明為主」，在這樣的心態下，就會造成祖先萬劫不復的處境。

●流氓開的警察局

既然話題說到這兒，那就把它徹底說清楚。依《不存在的真實》

所述之「靈界體制」，要成為人們供奉的神明，有非常多的限制與門檻，一旦授命為「官方委派」的神明之後，祂只能站在「監督」的立場，是不可以與人們有過多的接觸，甚至不能接觸，就算有接觸，也必須與這個人在某一世有未解之因果，而接觸的深度，也只能限定在因果範圍之內，也就是說，一旦接受官派為神，就連興建廟宇都不允許。因為，廟宇是建築在土地上，而土地是「人」在使用，廟宇佔了「人」的土地，這就與「人」有了接觸；有了廟宇後，就會把「人」聚過來，這樣子神明與人接觸就更多了；人聚到廟宇後，就會出現祭祀、供奉、祭品、金紙……等等「敬神拜佛」的儀式與行為，如此一來神明就與人密不可分了，甚至是與人合為一體，這麼一來這個神明就完完全全背棄、脫離、喪失「監督」的角色與立場。不過，反而到這個時候，就可以很清楚的分辨出這位「神明」到底是官方授命委派的「正神」，還是路邊遊魂穿起龍袍扮皇帝的「歪神」？用一個很簡單的邏輯來檢視，那就是「慾」，也就是「慾望」。

從前面一點解釋回來，人沒呼吸後，「靈魂」會離開肉體，在肉體周圍徘徊，等到肉體下葬或火化後，「靈魂」會一分為二，成為「靈」與「魂」，接著，「靈」會去投胎，「魂」則是永遠的跟隨著子孫，有後代供奉祂，就會成為名符其實的「祖先」。而原本在人世間無論他有多壞，無論他有多難搞，這當中的一切惡因、一切恩怨、一切嗔恨，都會隨著「靈」去投胎，然後再於下一輩子「了斷」。也就是說，他縱使有「惡」，這個「惡」不會留在成為「祖先」的「魂」之中。如果要講得再精確一點，就是在「祖先」的記憶中，留下的是「習性」，屬於「個性」的部分，則會跟著「靈」去投胎了，因此你不用擔心會拜到「不好」的祖先，或是拜到造成家族「不安寧」的祖先；家族中會出現不安寧，十之八九反而都是因為沒拜祂。如站在另一個角度來看，姑且拋開某位先人是否曾犯下十惡不赦之罪，就單看沒有以前這位先人，就沒有現在的子子孫孫，這種「給予生命」的血緣關係，就值得身為後世的子孫，安立牌位奉祀祂們。

這個「習性」，就包含了前段說的「慾望」，而「慾望」當中，占了最大部分的就是「食慾」，所以，雖然人沒呼吸，肉體下葬腐壞或是火化成骨灰後，沒有了組織器官，胃腸也不見了，不過滯留在人世間的「魂」的意識中，還是會有在當人時候的「習性」，也就是說還是會有「飢餓感」，還是有想吃食物的「食慾」，一旦後代子孫供奉者書寫正確的祖先牌位，再依照正確的規矩拜祖先，在每年屬於祖先的日子定期準備豐盛的飯菜祭拜祖先，請祂們享用，那祂們的「飢餓感」就會消失，如此一來便不會再有「食慾」。

不過，現在大部分的人，應該說絕大部分的家庭或家族，都沒有按照正確的規矩在拜祖先，有的甚至壓根就沒有在家中設置祖先牌位奉祀祖先，那，在家吃不飽，甚至在家根本沒飯吃的祖先，肚子很餓怎麼辦？簡單，就到外面找路子。如前面〈靈與魂〉章中所講的，「魂」，是生前的記憶，生前是什麼習性，死後也差異無幾；生前會鑽營，死後就刁鑽。當沒有子孫供奉，不得已只有四處找進食的機會，而最快速也最便捷的管道，同時也是利益最大的方式，就是「自訂身分」，也就是時下所稱的「假冒身分」，做法是，逮到時機就搶駐到還在雕製中且未成型的神像中，在神像中等著，等不明就理的老百姓來把它買回去或是請回家中，這樣子祂就搖身一變成為「神明」，名不正言不順的端坐在民宅神桌上，大啖與收取這個家庭所供的飯菜與所燒的紙錢。但如果搶駐到神像中的「魂」生前重鑽營，那祂在死後也不會安於待在民宅，吃那固定的、一點點的食物，祂會想辦法把場子搞大，這樣子祂的「收入」就會變多，怎麼做？簡單，就是想辦法找到信仰者，再利用信仰者，替祂這尊「神像」蓋廟堂，再運用這個據點，大量且持續吸納信仰者供奉的香火、食物與金紙。

看到這兒，看出端倪了嗎？關鍵就是信仰者供奉的「香火」「食物」與「金紙」。因為，如果神像中進駐的是官方正式授命的神靈，祂只能站在「監督」的立場，不能與人們有太多的接觸，甚至不能接觸，更不能接受百姓供奉的食物與金紙，如果接受了，那就形同接受賄賂，這樣子祂的麻煩就大了！反過來說，不停的要求信仰者供奉食物與金紙，或是不想辦法制止信仰者這種供奉舉動，那祂的屬性就一目了然了，因為，只有無人供奉的「祖先」，不得已淪落街頭的「遊魂」，才會需要大量的香火、食物與金紙，因為祂們還有「慾」，還有「食慾」。由這個事證，就很清楚可以推斷出誰是「正神」？誰是「歪神」了？

在我接觸宗教三十多年的時間中，看到許多地方上的寺廟，在信徒越來越多，香火越來越鼎盛，名氣越來越大之後，就會被地方百姓認定為是「維護地方安寧的靈界警察局」。但這在我看來，卻是一間間「流氓開的警察局」。固然，流氓中也是有講義氣的，但是，這種不是用正常管道設立的，就是「不如法」。

「不如法」是宗教用詞，它是「如法」的對稱語；不如法又稱做不法，意指不如正理之義，或是違背正法而所行之非道。一般而言，遵循宗旨之教法，或符合正確、正當之道理者，皆稱為如法；反之，違逆正理而與宗旨所示之教法處處不能相應之情形，則稱不如法。

關於這個「不如法」，就用「萬法不離世間法」的店面與攤販來解釋。我在開現在這間古董店以前，因為自身沒錢，又想增加收入，只有採行擺路邊攤的方式做生意。你說我這樣對不對？其實也對！也不對！因為能選擇的店面少，限制多，租金高，所以不少想要創業的人，就選擇沒有店面限制，成本相對便宜的攤販，我以前就是這樣。固然我以前擺路邊攤做生意，亦是本著「童叟無欺」的原則，不賣贗品假貨，但它終究「不如法」。因為店面要受政府監控，要開發票繳稅；攤販不受控制，也不用繳稅金。說穿了，無店面的攤販就是一種只求速成不理體制的行為，所以當我擺了幾年的路邊攤，有一點積蓄時，我在第一時間也是去開了一間小小的店鋪，當時的鋪子雖然小，但是它「如法」，受政府監督，也按時繳稅，更心安理得。

而那些不是官方正式授命的神靈，不受官方體制監控的神明，不循正常管道成為神明聚集處的寺院廟堂，就有如現在四處林立的攤販一樣。雖然說，並不是所有的攤販一定都會賣黑心貨，也是有本著良心作買賣的殷實攤商，但是，不少不受官方體制監控的寺院廟堂中之神靈，為了快速壯大聲勢，只有持續招募手下，為了快速取得資糧養活手下，居然利用信徒百姓的信仰管道，在民家設暗樁，像吸血鬼般的拿取百姓家中食糧，這就是我們要去防範的。

資糧要「取之有道」，才令人敬佩！要搞黑道，就要自己想辦法攢錢養手下；要搞地方勢力，就要憑真本事讓信徒願意奉獻；要攔路打劫，最起碼要做到「盜亦有道」，只劫黑心富商，不取血汗小民，這才叫綠林好漢！而任意欺壓良民，把民間百姓家裡神桌上的祭品，當成滿足自己私慾的禁臠，視為自己山門的提款機，看成是養活龐大手下的飯館，甚至為了達成目的，使用蠻橫武力欺凌毆虐百姓家的祖先，這才是我們要撻伐的。

● 信仰讓神坐大

二〇一五年十月，我為了讓認同我的理念的讀友們有一個互動的地方，在Facebook臉書系統上成立一個名為〔老茶房意合團〕的公開社團（註五）。社團開張後，就有不少讀友來到社團留言，述說他們的體驗，分享他們的愉悅。其中，最令人震撼的是，不少具有靈異體質的讀友，以及從事「靈媒」工作的工作者，把他們觀看不同家中祖先被披著神明外衣的惡魂惡霸欺凌的所見所聞，以及各個從來沒見過祖先遭到懸吊束縛的驚悚畫面，或公開發表在社團上，或私訊傳到收信匣。

針對這些「欺壓良民」情事，我在社團發表一篇〈有感而發〉：

神對人的力量，來自人對神的祈求；

人對神的恐懼，來自人對神的信仰。

一旦……

人不再對神有祈求，神對人就不會再有力量；

人不再對神有信仰，人對神的恐懼就會消失。
所以……
為什麼神佛天使，抓不到所有的人之祖先？因為這些人對祂沒信仰。
為什麼有些人壓根就不怕神佛天使，因為這些人從沒對祂有過祈求。
所以……
一直對鬼有祈求，久了之後祂就變成神；
一直對鬼有信仰，久了之後祂就成佛了。
所以……
祂是神？還是佛？都是人創造的；
祂是鬼？還是祖先？是人在決定。

所以，全部的癥結都在人對宗教的信仰，就是這個信仰，讓人陷入不可自拔的深淵，也讓祖先跟著掉進慘又劣的絕境。前面解釋過，因為這個真的很重要，所以在這裡再說一遍：祖先的氣與子孫的氣像是虹吸管互通的，祖先的氣是處在安定狀態，另外一端的子孫之氣也會相對平穩；祖先的氣是處在高點，那子孫之氣也會相對的居於飽滿狀態。反之，只要祖先的氣低落，那子孫之氣也會落下，這結果便是家運不順。

所以，如果祖先長期遭受是由家人默許祂們進入的惡魂惡霸之欺凌，那祖先的「氣」一定就不會太高，也不會飽滿，相對的這個家族的整體家運，當然也是跟著零零落落，所以，這個時候就可以反推回去，家運一直高不起來，就表示祖先的氣渙散。祖先的氣渙散，只有兩個原因，一個是吃不飽，另一個就是被外面進到家中的孤魂野鬼欺負；這個時候家人就要警覺，是陽世子孫祭拜或是準備的飯菜不夠？還是所信仰的宗教、所祭拜的神明、所去到的寺院道場教堂，其實都不是「正神」的野鬼。

所以，把事情的最初源頭與最後結果兜起來論，如果在接觸宗教以後，家中的家運沒變好，甚至越來越糟，那就應該立刻遠離宗教，回歸正常生活，才是保家之道，就如我在前面文中一直在解釋的。

說真格的，遠離宗教，真的不會怎麼樣。如真的想找一個信奉對象，想要有一個信仰，那就好好的在家拜祖先，祖先在靈界之地位，祖先對人之重要性，真的遠遠超過寺院廟堂中的神佛、教堂教會裡的神明。人沒呼吸後，「靈魂」會離開肉體，在肉體周圍徘徊，等到肉體下葬或火化後，「靈魂」會一分為二，成為「靈」與「魂」；接著「靈」會去投胎，「魂」則是永遠的跟隨著子孫，有後代供奉祂，祂就會成為名符其實的「祖先」，沒人供奉，那祂的處境就會很淒涼，因為都會變成孤魂野鬼。所以，關於「祖先已經投胎」的說法，是對祖先之事不甚瞭解所致。

陰陽間

人，在活著的時候，無論做了什麼事，在往生後，一定會出現對應的影響。

人走了之後，並不是「無體一身輕」的一了百了，而是到另一世界去。

那個世界，離現在我們所處的世界非常近。每一個人停止呼吸之後，等到肉體下葬了，或是肉體火化了，甚至肉體腐爛了，沒有了肉體的「意識」，就一定會去到那兒，去到那兒靜靜的觀看後代子孫的生活。

那個世界，沒有名字，直到人類發明文字後，替現在自己腳踏土地的世界取了個名字，叫做「陽間」；同時，也替那兒取了名字，叫做「陰間」。

「陰間」的「人口數」，比「陽間」的「人」還要多。因為，人經由父精母卵結合成為「肉體」後，一旦開始有陽間的「記憶」，這些日日月月一點一滴增加的記憶，都會不斷的寫入「記憶體」資料夾中。當，人在「陽間」的任務結束，肉體停止呼吸，原本在資料夾中的「記憶體」不會消失，而是轉存到「陰間」，以「魂」的型態永遠的儲存在那兒。所以，人在「陽間」每活一次，就會替「陰間」創造出一個「魂」。也就是說，現在地球上有六十億人口，如果保守一點來算，每一個人曾經輪迴轉世了一百次，那就表示在陰間有六十億的一百倍的「魂」，那就是在「陰間」有六千億的「魂」。而，這些「魂」，都還是有「意識」的，祂們的「意識」與陽間的人都一樣，只是沒有「肉體」。

你可以不信我在書中說的，而為所欲為的繼續去做自認為是對的事，但是一旦失去人身後，所要面臨的，絕對不是「了不起下一輩子再還你」就能了結的。

因為，人，除了有下輩子以外，還有一個世界，就是「陰間」，這個地方，每一個人在這一輩子結束後，都一定要去的，這是任何神佛菩薩的神力都無法使其改變的。而「陰間」，是沒有盡頭的，一旦進入後，將是無止盡的待在那兒。

在「陰間」，在那個世界中，大家都被稱為「鬼」，唯一差別的是，有家人祭拜的鬼，會有另一個稱呼，就是「祖先」；而沒人祭拜的鬼，則會被叫做「孤魂野鬼」。

所以說，以後，是當「祖先」，還是當「孤魂野鬼」，決定權就是現在活著的你的自己。

如果，不想往生後的自己變成「孤魂野鬼」，那就從現在開始，拋開成見，好好的按照規矩祭拜先人，讓先人脫離「孤魂野鬼」的行列，成為「祖先」。因為，你現在怎麼做？怎麼對待先人？以後你的子孫就會怎麼對待你！

因此，如果每一個人都「遠離宗教」「回歸家庭」好好過日子，人人家中都拜祖先，每個「魂」都有所「歸」，那這個世界上就不會再有孤魂野鬼，也不會再有欺壓良民、侵入民宅、欺負家祖的惡魂惡霸。但是，這個想法，這個願望，在現今社會中因為意識型態作祟，再加上被不知名的力量蒙蔽，讓宗教的執迷者難以做出理智的判斷，甚至逆天思考的用各種方法更加壯大寺院道場教會的勢力，所以似乎不可能達到「魂有所歸」的理想境界。

俗話說的好：「各家自掃門前雪，莫管他人瓦上霜」，這個時候我們就不得不來想一些「保家護祖」的自保之道，至少讓自家的祖先們能夠有一個安居之所。

●家杵護家祖

俗話說：「一家同心，其利斷金」，只要家人同心，把向心力都指向祖先，根本就無須害怕那些遊魂鬼怪來到家中欺負祖先。不過，如果家中有成員對於「神明」的「信仰」，大於對待「祖先」的「信念」，那結果就大大的不一樣了，就算祖先牌位內板資料書寫正確，也是會讓祖先蒙難。

我在《不存在的真實．上．生活道場》書中解釋得很清楚，「宗教」是「宗旨教育」的簡稱，是造物者給生靈在生活上的方向；宗教不是勢力，宗教是個理念，是要人們把這個理念帶入生活中；宗教不是凝聚，宗教是在釋放，是要人們把這個宗旨落實到生活裡；宗教不是要人們出錢出力去蓋宛如城堡的殿堂，而是要人們把宗旨教育的理念融入到生活的大小事中。

但是，不知道是從什麼時候開始？也不知道是從誰開始？不過從種種跡象來看，似乎就是從外族人滅了古王朝，國王放逐了卜巴，讓卜巴去攻擊那些殺人奪物的外族人他們事事都做出不理性的決定以後才開始，一千多年來，人們一講到宗教，一接觸宗教的事，每一個人的思考都變得不理性。所以寺院、廟宇、教堂、道場、佛堂、精舍、教會……像是陰濕環境中朽木上的野菇一樣，一間一間出現在這個大地上，成為人們逃避生活、不想面對生活的避風港，大家在這些建築物中對著虛空中以為可以讓他們心想事成的神佛膜拜祈求，因而引來生前屬於刁鑽的遊魂，進駐到人們認為是聖潔無上的塑像或畫像中，而這些披上龍袍搖身一變成為神明的遊魂，為了讓自己在靈界中這個「神明」的地位更穩固，於是開始在靈界招兵買馬，四處招募跟祂自己一樣無家可歸的遊魂，做為手下兵將，於是乎，一間間外觀看來莊嚴靜肅供人聚集修行的廟堂，暗地裡也成為孤魂野鬼的聚集場所。

大家看出來了沒？看到這個令人起雞皮疙瘩的因果循環了嗎？

●原本矗立在西藏大地上與世無爭的宗教修行國度，因為遭致無情的攻擊，國王不得已的放逐卜巴詛咒，攻擊施暴者；

●卜巴最擅長的，就是專門攻擊人的靈性，讓人做出不理性的畸形決定；

●因為人的畸形觀念，開始放棄祖先，祖先不得已的流落街頭成為遊魂；

●因為人的不理性，錯解宗教的精髓，而反向的建了大大小小的廟堂建築；

●有了廟堂後，激發了人們無意面對生活的靈性瑕疵，而加重對於宗教的信仰；

●人們對神明佛菩薩有了信仰，使得廟堂中進駐的神明勢力與力量不斷壯大，也吸引更多孤魂野鬼前來；

● 廟堂中的孤魂野鬼越來越多，信徒供奉的祭品沒有增加，在粥少僧多的情況下，只有向外奪取糧食；

● 廟堂中的孤魂野鬼越來越多，信徒供奉的祭品沒有增加，在粥少僧多的情況下，於是乎，廟堂中進駐的神明利用人們對其信仰與祈禱的管道，讓隸屬在自己勢力範圍下的孤魂野鬼，循這個通道進入到有準備飯菜供品祭祀祖先的民宅中，予取予求，甚至放任手下欺凌民宅祖先……

大家看出來造成這種惡劣局面的源頭了嗎？那就是惡靈卜巴，是卜巴一直在施放攻擊詛咒，才讓事情惡性循環的演變至今，造成幾乎無法可管的失控局面。用簡單幾個字來講述這個複雜的局面，就是：

「人敬神拜佛，神不幫助人，還縱容手下騷擾人；人受到侵擾，於是加重的拜神求佛，神得到更多合法入侵民宅的許可，於是讓更多手下入民宅。」

而我們，包括你包括我，就是處在這種「進也沒路，退也沒地」的無奈環境中。但是，雖進退都無著，在一片混沌中卻有兩線生機：一是，家人同心，停止信仰，遠離宗教，惡魂入侵管道立刻就斷，祖先可立保安穩。二是，解鈴還需繫鈴人，尋求卜巴攻擊之力協助，運用以暴治暴之法，設定卜巴轉向，全力顧家護祖，把外靈外魂阻擋在家門外，如此一來祖先便可保安康。

這是我解開《不存在的真實》後找出的兩個自保之道。第一個，我是一知道以後便家人同心的遠離宗教，同時停止所有信仰祈求，一心只有「好好的過日子」，還有「好好的拜祖先」，所以我才會常跟人家說，我是「因為不瞭解而接觸宗教，因為瞭解而離開宗教」。第二個，當發現到卜巴的力量可以重新設定啟動，更進一步發現可以針對單一目的而設定，於是我就立刻找來一支卜巴杵，請工匠師傅做了座子，重新設定後安立在我們家的神桌上，做為「保家護祖」的「家杵」。

從那時候以後，我只要有機會，都會建議大家三件事：一是「遠離宗教，回歸生活」。二是「家人同心，祭拜祖先」。如果，家人中有人做不到一與二，那就只有選擇第三了，就是「設立家杵，保家護祖」。因為讓事情發生的源頭在卜巴，用卜巴的力量來解決，最快也最有效，這就好像造成土地乾旱是沒雨，只要給土地一場梅雨，乾旱狀況立刻解的道理是一樣的。梅雨下在山區，會造成土石流，會造成山下百姓牲畜財產損失；讓梅雨下在乾涸地，可以滋養土地，可以讓百姓順利種植作物，增加財產收益。這，就是卜巴杵在「家杵」功能上宛如及時雨的角色。

就在這本書寫到這裡時，我看到有讀友在我的臉書社團上發問：「我好想請問，是否就只要拜祖先好了，頂多加個老杵，一切簡單又完美……」

這是個好問題，也說出了好答案。在家中，本來就可以只拜祖先就好，無須安奉神像，因為「天大地大，祖先最大！」不拜神像不會怎麼樣，不拜祖先家運會低落；不拜神明家運不會少，拜了神明反而可能形成孤魂野鬼任意進出的大黑洞。不過，基於一個原因與一個理由，我認為家中神桌上還是要有一尊神像。

這個原因是，就如前面文中說的，在祭祀的心態上，應該是站在「尊重」的基礎上，「尊重緣起」「尊重體制」「尊重管理」「尊重宗旨教育」，這樣才能真正的把祭祀行為落實到最佳之境地，這樣子在「家運」中才會蘊藏著對於萬事萬物都會有著「包容與尊重」的豐厚能量。所以我們家中的神桌上，依舊是按照制式標準安放著一尊神像，但是我對這尊神像，在上香時，我的心裡想的只有兩個字，就是「尊重」，不想其他。

這個理由是，如果有能力，尋得一支卜巴杵設為「家杵」，那，家中是不是要有神像？這個神像是不是會造成危害？你已經不用擔心了，也不是你要思考的重點，因為，你已經有「家杵」，這，也是設立「家杵」的目的。而，這一切的源頭，也可以說是惡靈卜巴惹出來的，讓祂在每一個家庭的神桌上「站崗護家祖」，繼續發揮祂原本存在這個世界中的「保安」功能，這也算是另類的將功折罪，只是，祂的目標，不再是原始系統載入的，也不是祂自行活起來後隨祂高興自己任意去找的，而是接受設定指令，大材小用的保護「這個家」。

●祖債子孫償

之前，有讀友在臉書社團上發問：「『靈』需要去投胎，去償還與索討在這一世祂欠人家的或是別人欠祂的債，『魂』不用投胎，那祂在陰間變成惡霸，到處凌虐別人的祖先，難道這都不用還嗎？還是『因果』根本治不了這些『流氓魂』，所以祂們才有恃無恐繼續危害人間？……」

這又是一個好問題，也說出了答案，不過不是全部的解答。

人，在這一輩子做了錯事，如果，這一輩子沒還清，的確會跟著「靈」投胎到下一輩子去償還。而「魂」不用輪迴，祂會永遠待在陰間，祂在陰間的所作所為，也的確受不到因果輪迴的制裁。同時祂們確實有恃無恐，因為這是人間事的延伸，是世間人不拜祖先才捅出來的妻子，所以靈界的天條沒有懲治祂們的辦法，事實上監督的神靈也沒有立場介入，祂們才肆無忌憚的裝神弄鬼穿梭陰陽間。

但是，如果說「都不用還」，那就不對了；如果真的都不用還，那就真的是太沒天理了！「魂」在陰間的一舉一動，也都還是在「因果關係」之內。咦？不是說「魂」受不到因果輪迴的制裁嗎？沒錯！「魂」的確受不到「因果輪迴」的制裁，不過，忘了嗎？這是「人間事」的延伸，所以基本上它還算是「人間」的「事」，還是算在人世間「欠還」的條例中，所以監督的神靈才不能介入。

也就是說，你家的祖先，在外面假扮神明胡作非為，祂幹了多少壞事？這些帳通通都要算在祂的後代子孫身上。

萬法不離世間法，有家人在外面肇事闖禍，到頭來還是自家人要出來幫他還錢修繕賠不是；有家人在外面惹事生非，到最後也都是自家人要出面來幫他收拾殘局擦屁股。父債子要償，子禍父要清，子孫縱容祖先在外為非作歹，那子孫就要受連坐處分，因為，這是子孫們默許祖先這麼做的；這，就是不拜祖先的代價。後代子孫不拜祖先，雖然落得一時清閒，多出來的時間可以踏青看電影，但卻要永遠去承擔「祖債子孫償」的責任。

所以不拜祖先，或是沒有好好拜祖先，所形成的「家運不好」，這可是「雙重」影響的結果：

●第一重影響：就是前面講的「虹吸管」的原理，子孫的家運與祖先的氣勢是處於「等上等下」「等粗等細」「等鬆等實」的狀態，子孫對祖先做了什麼，祖先也會給予對等的回報。而先人往生後成為祖先，留下的最大感知記憶就是「飢餓感」，如果陽世子孫沒有好好祭拜祖先，或是根本沒有準備飯菜祭祀祖先，那祖先們就會隨時處於「飢餓」狀態，祖先們的「氣」也會呈現低下、細薄、鬆散等狀態，這些狀態就會對等的反映在陽世子孫的「家運」上，而出現家運低落、家運薄弱、家運散亂等現況。

● 第二重影響：先人往生後成為「魂」，因為家中沒飯可吃，只有流浪在外找食物，成為名符其實「孤魂野鬼」的「遊魂」。生性刁鑽的「遊魂」不會滿足有一餐沒一餐的日子，於是結合更多遊魂，呼魂引伴的據地為王，唆使不明就裡的百姓替祂們建宮築廟蓋教堂，藉此明目張膽的吸取民脂民膏；或是搶駐佛像搖身一變成為百姓眼中的神明，接受不明就裡的百姓膜拜與供奉。

那，這些宛如強盜匪寇行徑所造的業與所造的孽，這些帳要由誰來還？所謂「冤有頭，債有主」，溯及源頭當然是由這些假扮神明的孤魂野鬼的後代子孫來償還，因為，這是祂們後代子孫不在家中設置牌位祭拜祂們使得祂們無家可歸，祂們才外出結黨危害地方；或是後代子孫沒有好好拜祂們，祂們被飢餓感逼得不得不去搶食別人家的飯菜。

那這些帳要怎麼算？簡單，就只有一個朋分辦法，就是，「有人有分」。舉一個例子，之前透過從事「靈媒」工作的工作者與一位態度頑劣、據地為神、自稱是「帝」的「魂」交手過，我們問祂：「為什麼不回去接受子孫奉祀？在這裡扮神明，唆使與縱容手下入侵民宅！」想不到祂很「自豪」的說；「我在這裡建廟已經三百年，我的信徒滿天下，每天都有人拜我送供品，我才不希罕家人有沒有拜我！」當時乍聽之下，感覺好像有那麼一點道理，沒錯，祂已經把掛名的宮廟宛如「分公司」般的開遍全世界，每天都有人進貢，每天都有大魚大肉可吃，又有大把的金紙可收，誰還會去在意老家的粗茶淡飯殘錢碎銀？但是，祂沒想到，祂每天透過各個據點所收到的供品金紙，都是「不如法」所得，也就是「不法所得」，按照天條律法，這些通通要如實奉還的，誰來還？那就是由這位自稱是「帝」的「魂」之後代子孫來償還，因為父債子償天經地義。

那要怎麼還？很簡單，只要是這位自稱是「帝」的「魂」之後代子孫，無論繁衍了多少代，無論整個家族繁衍出多少人，只要是跟祂有血緣關係的人，每一個人都要承擔總平均的「一分」。

打個比方說，我們就以最簡單的「一傳十，十傳百，百傳千」的速度來算，這個「魂」當時繁衍出五個子嗣，一百年後這五個子嗣繁衍出五十個子嗣，兩百年後這五十個子嗣繁衍出五百個子嗣，三百年後等比增加繁衍出五千個子嗣，這位自稱是「帝」的「魂」在這三百年中因為胡作非為累積欠下五十億的債務，那祂全部的五千個子嗣「每人一分」的一起負擔這些債務，那每一個人就要負擔一百萬元，這一百萬元要從哪裡來？就要從每一個人的「家運」當中去扣分。所以說，當你覺得現在的「家運」好像不怎麼好，這時候除了要去思考「有沒有好好拜祖先」以及「因為沒有拜祖先」外，還要去在意家中先祖有沒有哪一位在外面幹虧心壞事又四處捅妻子？最後也是最重要的，當你在這一輩子自認為凡事都已「善了」，覺得似乎達到「回去」的標準，而心滿意足準備迎接「回家」之喜悅時，先別太開心，因為你還得要把「祖先欠別人」的債還了才行；說不定，你自身真的已經達到「回家」的標準，但是為了償還「祖先債」，恐怕得要再來一回或好幾回，才清償得了。這，也是造物者創造這個世界以來，「回去」的人越來越少的原因之一，因為，大家都在償還宛如「循環利息」的祖先債。

看到這種從來沒人說過，應該是從來沒人敢說的「因果關係」有沒有覺得很離譜？如果你是這位自稱是「帝」的「魂」之後代子孫，你一定會抗議說：「我怎麼那麼倒楣？三百年前祖先欠的債，怎麼算在我頭上！」我會說，沒錯！你的確很倒楣，家裡出了這麼一個「不肖祖先」！但是，這也是你縱容的，誰叫你不拜祂，讓祂沒飯吃，讓祂餓肚子，那祂只有去外面劫糧搶食找活路，那祂在外面做的壞事，按照道理當然是要你這個有血緣關係的家人來替祂還囉！如果你好好拜祖先，祂自然的就會回家，安安穩穩的待在牌位中，祂就不會在外面為非作歹，你或你的後代自然就無須替祂背債了！

那要怎麼解決這麼離譜的債務關係？很簡單，你只要在家中設置神桌設立牌位，依照《祖先》這本書中所述祭拜祖先的方式，在自家中好好的祭拜祖先，只要家中有飯菜可飽食，祖先們自然就會放下武器脫下扮神的龍袍回到家裡的牌位中，那你除了會得到「祖先安穩，家運興旺」的回饋外，還會因為「外債變少，負擔變輕」而使得「家運」飛昇得更快。

這時候比較具有探究精神的人一定會問，如果我們完全依照《祖先》這本書中所述祭拜祖先的方式在自家中祭拜祖先，如果有一些已經習慣在外面當山寨大王的祖先不肯回來，還是在外面繼續的胡作非為，那我們怎麼辦？

關於這一點，你可以放心，你只要做好分內的事，只要依照《祖先》這本書中所述，根據戶籍資料，在牌位內板中書寫「戶籍資料有登載」的先人資料，但記得，每一片內板中一定要依照「代代相傳」方式註記「奉祀人」，祖先們就一定會回來，也一定要回來，因為這是體制中的規矩。如果「戶籍資料」中沒有登載的先人，就像前段說的三百年前那位自稱是「帝」的祖先，那是不是祂就不會回到後代子孫的牌位中？其實這不難，就採用《祖先》書中所述「一代招一代」的方式，祖先們自然的會用「血緣的能量」把祂的「上一代」的父母兄長給招回來。能不能招得回來？這一點你不用擔心，你只要把自己分內的事做好，其他的自然水到渠成，因為，這些年來，透過不少靈異體質的人，還有從事「靈媒」工作的工作者證實，只要有在自家中好好祭拜祖先，同時牌位內板資料書寫正確，再加上「一代招一代」的方式，還沒見過有祖先不回來的，只要這些都有做到，每一家祖先牌位內的祖先，都是黑壓壓的一片，放眼望去有如千兵萬將，看不到盡頭，你說，這樣的家運，怎麼會不好！

所以、所以、所以（因為很重要，所以說三遍），拜祖先，加上好好按照規矩拜祖先，真的很重要！

【附錄二】

流產與早夭，破除嬰靈之說

既然在這本不是以「祖先」為主軸的書中，前面已經【附錄】了一篇有關於「祖先、神明」與卜巴杵之間的話題，那就再加入一篇「雖然無關，但有延續性」的文章，讓大家多瞭解一點關於「靈界」的事。這件事，也是一直被大家誤解，更會被有心人拿來做文章嚇人的事。

自從《不存在的真實》套書出版以來，我就會零零星星收到一個問題，到了《祖先》一書出版後，提問這個問題的人就多了，那就是對於曾經流產過的「無緣生命」，是否要特別做什麼樣的事情？讓陰陽兩安！

問這一類問題的朋友，有的是迫於無奈以致有遺憾，但也有的是不可說的原因以致造成日後心中的陰影，所以一直想從各方面找到合理的解釋，或是合宜的方法來化解。我相信每一個曾經面臨流產的人都有她難以陳述的原因，而且這一類的問題與本書講述卜巴杵的議題無關，但就是在最近一個月中接到十數則「同一個問題」，這個問題就是關於「嬰靈纏身」的陰影，所以來尋求協助，想要找一支卜巴杵來護身……我一看她們要找卜巴杵的理由，是建立在一個「不合理」的原由上，所以我認為有特別撰文說明同時把文章收錄在本書中的必要。以下，就節錄兩則出現率最高，但出發點完全不一樣的問題。

【問題一】

黎時國大哥你好，請教一個問題：針對「小產」與「早夭」，那些「未出生的生命」，我們在站在奉祀（祖先）的立場上，應該要怎麼處理？

我有聽家母提起，以前農業社會，廁所都是那種挖大洞的方式，她依稀還有印象，她好像有流產，但是自己可能也不確定，因為廁所是「無底洞」的形式，當時以為自己是月事來了，但是異常排放後才驚覺可能是流產了！但不知道也不確定是幾個月。另外，祖奶奶輩那邊，也有發生像是生下小孩後，因為醫療、營養、疾病……等因素，小娃兒在還沒申報戶口前就夭折的情況。像這些「流產」或「早夭」的情形，會不會有〈祖先〉的問題？需不需要特別的設立牌位予以奉祀？

【問題二】

老茶房您好：我因為年輕不懂事，不聽長輩勸，四處貪玩，所以拿掉幾個孩子，後來工作一直不順利，健康狀況也不佳，幾年前經朋友介紹，我到一間有祭祀嬰靈的道場去問老師，老師說我是被嬰靈纏身，一定要做台語說的「祭改」我才能脫身，所以當場我就在那個道場花錢祭拜嬰靈，但是幾年過去了，我的狀況時好時壞，總體而言是沒有改善。

前一陣子公司有活動，我每天都站超過八個小時以上，活動結束之後，我的腰酸痛到一個不行，公司同事介紹我去一間民俗療法的老師那裡去治療，據說那個老師會通靈有陰陽眼，那個老師一看到我就說，我的背後跟著幾個嬰靈，所以我才諸事不順……那個老師說我一定要祭拜嬰靈，才能解決，他說可以介紹我去功力深厚的佛堂祭拜嬰靈……但是我幾年前就已經做過了，狀況也沒什麼改善，所以想來請問，我來買一支卜巴杵護身，是不是能擋掉嬰靈纏身的狀況？

●我的看法

這是個好問題，這個部分在《祖先》書中沒有提到，沒有提到的原因，是因為「拜祖先」這件事，是針對「曾經存在過的先人」，既然是「未出生的生命」，就不構成是否要視同為〈祖先〉進行祭拜的要件，所以《祖先》書中才沒有針對這部分進一步說明。今天既然你提出來，而千百年來有非常多的家庭或個人，無論是有心或是無意，都曾經經歷過類似情況，所以有關這方面的問題，就我瞭解的部分，以及依照「萬法不離世間法」的原則，提出我的看法。

自然流產、人工流產、腹死胎中、未成胎形、妊娠早夭……之娃兒，到底要不要寫入家族牌位中接受奉祀？或是要不要到廟中去設一個牌位？

關於這個問題，站在民俗與習俗的立場，似乎都認定要立牌位供奉，因為一般人都把這一類「未成生命」的生命，稱作是「嬰靈」，認定祂們是一個生命體，所以，雖然未出娘胎，但是他或她們應該與正常人一樣（為了閱讀方便，下文中均以「他」代表），享有被奉祀的權益。因此，在傳統的禮俗中，絕大部分的人都是站在「寧可信其有」「有拜有保佑」「花錢消災厄」之類「敬神畏鬼」的心態下，到有接受牌位供奉的廟中，花錢設一個牌位，供奉所謂「無緣的孩子」之「嬰靈」。

這樣的做法對不對？或是有沒有必要？現在，暫且把「對不對」「要不要」放一邊，先來探討生命的根源，以及生命輪迴的過程，就可以在一個「理性」的角度上，明確的知曉「要」或是「不要」!?

● 生命的始終

先來說生命的根源。每一個生命誕生過程都是一樣的，就是，一個結束上一個生命週期，離開上一世載體（肉體），不帶上一世絲毫記憶的「靈」，進入到與祂有「因果」關係的母體，經由父精母卵結合而成的胚體中，隨著「因果」的屬性，逐漸長大成為一個有形態的「肉體」。當這個形體在母體內孕育完成後，就會順著生產軌道，離開母體，來到這個世界上。當出了娘胎，吸到這個世界上的第一口空氣，睜開眼睛，看到這個世界上的第一件東西，產生第一個記憶，那就表示他已正式成為一個「生命」。接著，創造這個生命的父母，說是權利也好，說是義務也行，說是責任也對，那就是依著傳統，幫他取一個「名字」，然後拿著醫院開立的出生證明，到戶政單位，把他正式登錄入家庭戶籍資料中，正式成為家庭中的一員。從那一刻起，他才成為任何律法與天條都不能抹擦掉的一個獨立生命體，以及要與家人一起承擔供奉祖先的責任，同時享有百年之後接受後代子孫奉祀的權利。

現在來說生命輪迴的過程。一個生命在他活在這個世界中，隨著生活的起伏與經歷，每一天經歷的每一件事，都會一點一滴像寫入硬碟般的存在體內「靈」之中被稱作「人魂」的一個「資料夾」中，這就是大家熟悉的「記憶」。當，他在這一世的生命走到終點（無論是壽終正寢、意外往生、因病離世……都一樣），他的「靈魂」即會離開肉體，於未下葬（火化）的大體周圍徘徊；待沒有生命力的大體下葬（火化）後，「靈魂」就會順著輪迴的標準軌跡一分為二，成為「靈」與「魂」。「靈」會帶著這一世所作所為的「因」，投入與祂有「因果」關連的「母體」內，經由父精母卵結合而成的胚體中，成為另一個生命體，去履行、償還或是收取因為上一世之「因」所結的「果」；而「魂」則是帶著這一世的所有「記憶」，回到家中，進入到後代子孫為祂所準備的祖先牌位中，接受後代子孫永遠奉祀。因為「魂」是先人全部的「記憶」，所以家中沒有設置祖先牌位，先人的「魂」就會依著生前最後的「記憶」，而滯留在「往生處」或是「葬身地」（靈骨塔）。

●要「有」才奉祀

從上述生命輪迴的過程，可以看出三個關鍵點，來做為流產、死胎、早夭……之娃兒要不要寫入家族牌位中接受奉祀的依據？那就是娃兒「有記憶」、「有取名字」，以及到戶政單位「有登記」戶籍：

一、關於「有記憶」。一個生命體，在還未出生前，是不會有任何記憶的，因為他之前的記憶，都全部留在上一個生命週期中，跟隨著上一個生命週期中所繁衍的子孫，接受子孫以「祖先」之名奉祀。這一個生命週期的記憶，一定要生出娘胎，吸到這個世界上的第一口空氣，睜開眼睛看到這個世界上的第一個景象後，才會產生。經過了數十年甚至百年，這個生命體在這一世生命週期結束，又再重複同樣的軌跡，他在這一世的全部「記憶」，會以「魂」的形式，隨著這個生命週期中所繁衍的子孫，按照正常的方式，子孫們會為他設置一個「祖先牌位」，牌位內會寫入他的姓名、生歿日、奉祀人，做為他的「魂」長住之所。

從這一點來看，一個因為種種原因而沒有生出娘胎的娃兒，他不會有「記憶」；既然沒有記憶，就不會有「離體」的「魂」；沒有「魂」的存在，也就沒有奉祀的必要，因此就不需要也不用特別把他寫入家族的牌位中，或是另設牌位。那，已經進入胎體卻沒有跟著正常生命出生的「靈」呢？放心，生命自有安排，既然妊娠中止，沒了寄宿的胎體，這個「靈」自然會順著輪迴的軌跡前往下一個（第二順位）與他亦有「因果」關係的胎體中。

如果，這個「靈」與現在妊娠中止的父母有密不可解的「因果」

牽連，那他就會一直候著，等到下一次受孕的機會出現，就又會循著原來的軌道，進入到父精母卵所結合的胎體中。這，就是生命，就是輪迴，就是因果。

二、關於「有取名字」。要供奉祖先，祖先牌位中要記述這位往生的先人，一定得要「有名字」才行。既然娃兒未出生，更沒有「取名字」，那就完全沒有供奉的依據，就算要奉祀，那也不知道要奉祀「誰」？時下不少有收錢設置牌位供奉「嬰靈」的宮廟或佛堂，為了解決這個不是問題的問題，都很貼心的幫心急如焚的信眾替未出生的娃兒「取一個名字」，然後用這個陌生的名字當成這個未出生娃兒的稱名，幫他設置一個牌位予以奉祀。這樣做對嗎？不對、不對！完全不對！

名字，是一個人的代表，是呼喚這個人的正式依據，而要讓這個人知道別人是在呼喚他，這也要這個人對這個名字「有印象」或是「有記憶」才行，所以每一個人會記住、會知道自己的名字，那是他在出生之後，父兄長輩幫他取了名字，隨著生命的成長，大家不斷的用這個「名字」呼喚他，讓他對這個名字產生了「記憶」，因此以後不管是認不認識的人用這個名字呼喚他，他都會清楚知道「別人在叫我」「別人在找我」，或者他都會記著這個名字就是「我」。

如今，幫一個沒有任何記憶，也不會產生記憶，更是一個不存在的……該怎麼說……那就暫且稱作是一個從未存在的人取名字，這樣子有意義嗎？有用處嗎？殊不知這樣做會衍生一個嚴重的後遺症，那就是幫這個從未存在的人取了一個「名字」，既然這個人從未存在，就表示不會有屬於這個人的「魂」循線而來，那已經取了名字，也設了牌位的牌位，是「誰」來進駐？這就好像我們專門替某個人蓋了一間房子，在房子外寫著我們自己替他取的名字，但是這個人根本不存在，那這間房子誰來住？應該說是誰可以來住？答案很簡單，就是與這間房子外所掛名牌同樣名字的人，都可以「名正言順」的進來住。

就是這個道理，替還沒出生的娃兒取一個名字，設一個牌位，來的，絕對不是這個娃兒，因為他根本不存在，會來的，是天下間與牌位上同樣名字的孤魂野鬼，祂們都可以進駐到不是祂的但卻寫著祂的名字的牌位中，肆無忌憚吃著揪心的父母所準備的各種供品。所以說，只要是流產或早夭與我們沒緣的孩子，無須再替他取名或供奉，因為他感受不到，更吃不到。如是站在「安心」

的角度，做了「取名供奉」的動作，那所要面臨的，恐怕就是壓根就與你們無緣的魂，無謂的糾纏。

三、關於「有登記」戶籍。這就與一個人「有取名字」的概念是一樣的，只是一個是百姓家人的歸屬，一個是官方政府的保障。幫一個人取名字，是家族認同，是親人認可；這個人去登記戶籍，則是法律認同，是法條認可。

之前《祖先》這本書還沒出版前，還有現在《祖先》這本書已經出版後，有一個問題就經常有人問我，那就是：「我沒見過以前的先人，家族間的親戚印象也很模糊，那我要寫祖先牌位，要用什麼當標準？要寫多少人才適宜？」我都是這麼跟他們說，要繕寫祖先牌位內先人的名諱資料，要同時依據三個資料，一個是原有祖先牌位內的資料，二是家族的祖譜，第三則是戶籍資料。

如果這三個資料不一致，或是紀錄模糊或紊亂，難以正確比對，或是難以確認時，那就以「戶籍資料」為主，因為戶籍資料是國家認可的，法律保障的，只要是戶籍資料有登錄，那就表示這個人確實存在過，而不是杜撰的，不是虛構的，不是耳語的，不是聽說的……所以只要是戶籍資料有登錄的「直系」與「未婚嫁」的先人，無論幾位，通通都要寫入祖先牌位中。而戶籍資料沒有登錄的，避免誤植而招來不是家族親人的「魂」，就沒必要一定要寫入牌位中。

就是這個緣故，屬於流產或是早夭的娃兒，既然沒有記憶，沒取名字，更沒登記戶籍，那就不用刻意的去做立牌奉祀的動作。（不過，「沒有登記戶籍」但是在家族手記祖譜中有紀錄的親人，就要依據祖譜上的資料，將先人名諱寫入牌位中。）或許，在早年文明沒有那麼發達的年代，民智沒有那麼開放的地區，從長輩口中得知，也許有「沒有登記戶籍」的親人確實存在過，但是後代子孫在沒有「文字依據」的狀況下，想要奉祀先人，但又擔心錯置姓名，而招來遊魂，這個時候可以參考《祖先》書中所述「一代招一代」的方式，由先人的「魂」去招喚祂熟悉的親人之「魂」，一同來接受後代子孫的奉祀。

所以，回到問題，自然流產、人工流產、腹死胎中、未成胎形、妊娠早夭……之娃兒，到底要不要寫入家族牌位中接受奉祀？依照「萬法不離世間法」的原則，答案是「不需要」，如果做了，不只對這個沒緣的孩子沒有幫助，還會使得沒有把他生出來的父母，放不下心中永遠的傷慟。

●世間沒嬰靈

那，要不要到廟中替這沒出生的娃兒去設一個牌位？如果是抱持「安心」的想法，這麼做或許多少能讓父母的心裡舒坦一點，不過理性一點來看，還是一樣，站在「萬法不離世間法」的立場，答案是「沒必要」，如果這麼做，不只對這個沒緣的孩子的「靈」接著往下一個生命週期沒有幫助，還有可能會造成這個「靈」因為一直有人在思念祂，而產生牽掛，沒法灑脫的往下走，進而滯留在兩世之間。

最後，這也是最重要的一件事，就是某些人曾經面臨過「小產」甚至因為某些無奈的原因而必須「人工流產」這件事，心中都會藏著陰影，尤其，又在坊間專門經營「嬰靈」祭拜的宮廟佛堂，大力渲染

「嬰靈作祟」之說，所以對於往後人生中任何大小不順遂的事，都會認為是那個或是那些「沒緣的孩子」在作怪、在搗亂、在干擾、在牽引……因此紛紛順著祭拜「嬰靈」之老師或法師的安排，在他們的宮廟或佛堂中設置「嬰靈」牌位，予以祭拜。那，特別為了「沒緣的孩子」而設置「嬰靈」牌位祭拜後，人生不順遂的事情有改善嗎？我本身是沒有這方面的經驗，所以不知道，不過，從我認識許多有這方面經歷的朋友，在設了「嬰靈」牌位之後，所有運勢狀況也沒見絲毫改善，有的甚至還越來越糟！從我周遭朋友的這些經驗來看，好像運勢順不順，跟有沒有拜嬰靈，一點關係都沒有；抑或是，運勢不順利，似乎跟有拜嬰靈有那麼一點牽連！

那，到底「嬰靈」會不會找家人的麻煩？會不會作弄家人？會不會找父母算帳？會或不會，相信沒有一個人能夠提出確實的證據予以證實，包括我也不能，我只能用推理的，用合不合乎邏輯來判斷，用「萬法不離世間法」的規矩來分析，我認為是「不會」，而且祂們也「不能」找還未成為家人的人麻煩，因為，這當中沒有找麻煩的「依據」。我們就用一個很通俗的例子來解釋。今天你走在馬路上，一前一後遇到兩個人，前一個人是一個經濟詐欺犯，騙了很多人的錢，不過他並沒有騙你的錢，而且你也不認識他，雖然你在馬路上遇到他，但是他的所作所為與你完全沒關係與牽連，所以你就很自然的與他錯身而過，各走東西。接著，又遇到一個人，這個人你一看到就火冒三丈，因為他是你很熟悉的一個人，他在多年前跟你借了錢，但是後來卻不還錢，也避而不見，就因為你一直把這件「欠錢不還」的事掛在心上，所以多年後狹路相逢，雖然他的面容已現老態，不過就因為記憶太深刻，所以還是一眼就認出來，於是平馬上衝上前去跟他理論，甚至把他扭送警局。從這個例子來看，為何一前一後所遇到的人都有欠別人錢，但你只會找第二個人算帳？這關鍵就是在「記憶」，因為你「記著」這個人，而前一個人你對他完全沒有任何記憶，所以你就「不會」與「不能」找他算帳或是找他麻煩。

如不如意在人為

就是這個邏輯，未出娘胎的娃兒不會找家人的麻煩，因為祂沒有找麻煩的「依據」，這「依據」，就是「記憶」。這個娃兒根本沒出娘胎，對父母、對家人，沒有產生任何記憶，祂自然不會跟隨著與祂未結今世緣的父母或家人，就算在馬路上遇到，也會像路人甲乙般的錯身而過。如果這個「嬰靈」跟這對父母有非常深厚的未解之緣，譬如說在前面某一世曾經結下了很重的梁子，那祂唯一索賠與追討的方式，就是投入與這對父母生活鏈有關的胎體中，經過十個月之後成為人，然後在逐漸長大中，或是長大成人後，再逐一的去與這對父母了結未完的因果。

俗話說：「人生不如意十之八九」，「不如意」本來就是生命的常軌，人生要是「事事如意」，那天下就太平了。每一個人出現在每一世，都是為了要去了結每一件不如意的事，這就是生命的循環。但是，就有不少有心人，搭附著「人生不如意」為訴求，而演化出「嬰靈作祟」之說，藉以達到私營目的。所以，以後再遇到不如意之事，唯一要做的，就是以人為之力積極面對以及正面處理，而不是求神問卜或是布施供養求功德。

以上，就是我針對流產與早夭之娃兒，要不要立牌供奉的看法。各位看官，如您還是覺得對於流產與早夭之娃兒多少拜一下至少比較安心，那我建議，不如把這些氣力，拿去好好拜祖先，至少還能博得「陰陽兩安」之實。

同樣的，既然嬰靈之說不存在，那何來嬰靈纏身？既是如此，那就沒有必要多花錢做任何事，來阻擋「不存在」的敵人。我，就是這樣回覆那幾位為了「嬰靈」來找卜巴杵的人。

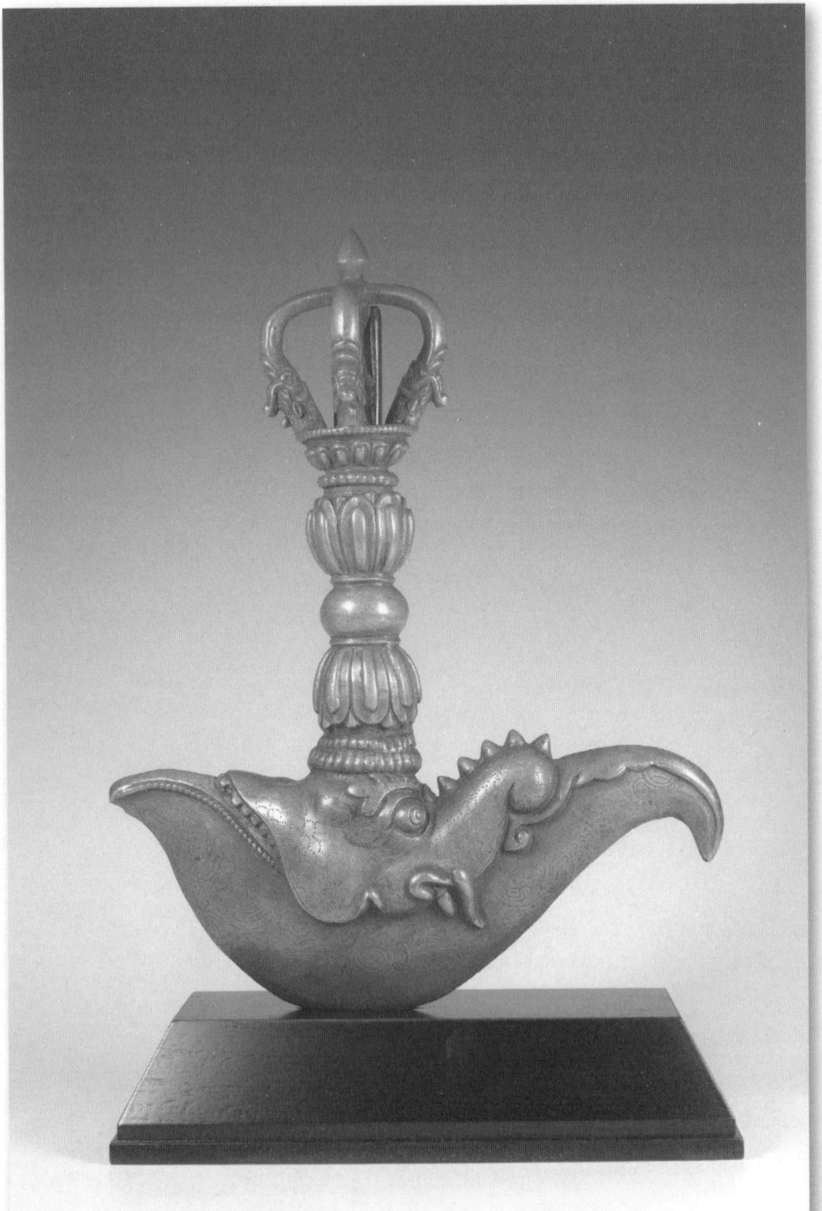

註

第16頁【註一】

《不存在的真實》內文簡述，在網址列中輸入〔www.生活道場.tw〕中文網址進入賞閱。

第36頁【註二】

《生命基金》內文簡述，在網址列中輸入〔www.生命基金.tw〕中文網址進入賞閱。

《天珠》內文簡述，在網址列中輸入〔www.天珠.tw〕中文網址進入賞閱。

第81頁【註三】

當時的古王朝被外族暴徒毀了之後，有不少原本在外地傳揚本教修行法的白衣使者聞訊趕回，但看到的是面目全非的景象，在他們確信帶領他們的教主遇刺身亡，而原本的古王朝人民無一倖存後，他們開始利用自身的修為功力，找尋教主的「靈」，試圖找出教主的「靈」投胎至何方？如果能找到教主之「靈」的轉世者，那他們便會以「靈童」的模式，一路的護持他長大成人。而這正是屠殺古王朝人民、刺殺教主的外族人所害怕的，他們擔心教主之「靈」的轉世者有一天會重新召集本教的教徒，對他們展開報復，所以他們把教主的遺骸切成碎塊，再以黑布包裹，用巫毒咒術把屍塊埋藏於絕地中，這麼做的目的，就是要破壞教主之「靈」重新轉世為人的機會。也因為這樣，這些早年就離開古王朝而倖免於難的白衣使者，用盡任何方法，都找不到教主的「靈」，所以更無法得知教主的「靈」投胎至何處，因為教主的「靈」一直被咒封在那塊陰濕冰寒的絕地中，沒有也沒辦法去投胎。

而解除咒封的那位牽著犛牛的藏族女孩，她原本是古王朝國境內那片碧綠湖泊中的水精靈，千百年來一直深居在碧綠又清澈的湖泊中。在古王朝的規模漸漸形成後，古王朝中部分修行人的修為功力已漸漸達到「非人」境界，可以不用言語交談，而是用「心通之術」來傳遞訊息與溝通，更有一些修為極高之人，能拔地而起，以近飛行之姿，穿梭於峭壁之間，步行於湖面之上，因此就能輕易的與原本深居在湖泊中的水精靈交談，而教主就是其中之一。當時，古王朝的教主與水精靈間建立了良好的互動，因此在教主遇刺之後，水精靈也參與著找尋教主的「靈」在何方？幾年過去，幾十年過去，百年過去……古王朝倖存的白衣使者一直沒有放棄找尋教主的「靈」，但隨著歲月，倖存的白衣使者一個一個凋零，每一個在闔眼前都沒有達成他們最後的願望，沒有找到教主的「靈」。但是，湖泊中的水精靈沒有肉體與歲月的束縛，所以祂一直找著。終於，經過了近千年，終於讓祂找到，原來是被邪惡咒術封藏在那片絕地中，而且更找出唯有犛牛的四足四蹄同時踢踏才能解除封印的方法。於是，水精靈投身為藏族女孩，牽著犛牛，走進那片絕地中，解除了被咒封近千年的教主之「靈」。教主的「靈」才得以進入生命軌道，重新轉世成為人。但過了近千年，時空與背景完全不同，這個千年冤案，已經完全沒有大白的機會和條件。而實質留下的，唯有卜巴的詛咒。

第262頁【註四】

《祖先》內文簡述，在網址列中輸入〔www.祖先.tw〕中文網址進入賞閱。

第372頁【註五】

請在網址列中輸入〔www.社團.tw〕中文網址，即可直達我在臉書系統上成立的〔老茶房意合團〕公開社團。

奇妙的空間旅行

這一篇，放在《卜巴》書的最後，其實它是在交代我會寫書的開始。

當，我開始認命又認分解讀我所能解析的訊息，逐漸產生出一段一段的文字後，我對於文字中的內容，不瞞大家說，雖然除了我之外沒人看過，但若要用一句話來形容當下的心境，那就是：「我第一個就不能接受這樣的說法。」因為文字內容與現行社會中所有既定的認知完全不同。雖然我沒讀什麼書，但我總有耳朵，我所解出的文字內容，與我從小到大聽到的完全不一樣，這要我怎麼接受!?怎麼去相信它的真實!?不過，我並未這樣就停下我「解讀訊息」的腳步，因為，我已經答應要做了！（請參閱www.生活道場.tw）

我，讀的是職業學校，算是理工出身的，從小沒碰過虛無飄渺的哲學，更沒有敏感的靈異體質，一出社會做的又是硬邦邦的模具機械行業，這個行業凡事講求的可都是精準數字與眼見為憑吶，現在突然間要我去接受「我自己都不能用數據證實自己寫出來的內容」，那種感覺就好像一個出生在水裡被魚養大後突然有一天有一個人跟他說：「你不是一條『魚』，你是個『人』，你應該活在陸地上……」的驚訝與衝擊是一樣的。想想看，自己寫出來的東西都說服不了自己，怎麼去說服別人!?由此得知，我在解讀訊息輸出文字初期的矛盾心理。即便是如此，我還是沒有停止，因為，我已經答應了，不管做不做得到，答應了就要做，這是我從小就認定的做人基本原則。

但是，生性的理智與理工的習性還是不斷的在撞擊解讀出來的內容。於是，有一天，我在心中對著虛空中大聲要求：「給我一個相信的理由！給我一個接受的事例！任何形式都可以，一次就好……」我以為，沒人會聽到我心中的要求。後來證實，確實沒人聽得到，因為聽到的不是人！

就在那天晚上，應該是隔天凌晨，因為我記得很清楚，看得也很明確，是半夜一點多。我當時每天晚上都打字到身體感覺「沒電」才上床睡覺，往往「爬」上床的時間都在半夜十二點左右。就在我對著虛空提出要求的那個晚上，我才剛爬上床，我確定我還沒睡著，而是處在即將進入深層睡眠前的狀態，我發現「我飄起來了」，我浮在房間的半空中，清楚看到在沒有燈光的黑暗中睡在床上的我以及一旁的妻子，我嚇了一跳，心裡想著這莫非就是大家所說的「靈魂出竅」？

還是我怎麼了?難道是「我已經走了!」我才能飄在半空中看到自己的肉體?其實那一下子我真的有嚇到,但我肯定我還沒睡著,因為我還能聽到社區中庭有鄰居回家拿鑰匙開樓下大門的聲音(因為我住的是傳統五樓公寓的二樓,而主臥室的窗戶正對著社區的中庭,因此社區中庭的動靜可以聽得一清二楚),所以我立刻睜開眼睛,耳朵依然是鄰居拿鑰匙開門後關上門的聲音,我躺在床上沒有起身,頭轉右邊看到睡著的妻子,聽到的是她緩慢的呼吸聲,接著頭轉左邊,看到床頭櫃上的小時鐘,上面的時間是半夜一點十幾分,也聽到小時鐘的秒針在行走的噠⋯噠⋯噠⋯細微聲響,由此證明,我還活著,意識也清楚,剛才那一下子,恐怕真的是我的「靈體」離開了「肉體」。從我眼睛睜開到看了時鐘,前後不到十秒鐘,我反而不怕了,反倒想知道接下來會發生什麼事?應該說是會遭遇什麼情況?於是,我放鬆肉體閉上眼睛。

眼睛閉上之後，立刻又再出現「我」飄浮在房間看著躺在床上的「我」，狀態與剛才完全一樣，我還是能聽到社區中庭的風吹草動聲音，但我的神識卻處在另一個現象。看官以為我這樣子就相信了嗎？沒有！我還是站在對於玄學均把持「合理懷疑」的立場，又再一次的睜開眼睛，又再一次轉頭看著一旁的妻子，聽著她的呼吸聲，再看看時鐘，確定時間跟剛才相比又過了一些。確認後又再閉上眼睛，又出現一樣的現象，我飄著，看著躺著的我，這一次我刻意的看了一下放在床頭櫃上的時鐘，時間與我剛剛「睜開眼睛」時看到的是一樣的。或許是天生對事情懷有追根究底的習性，我不是害怕而是想證實的第三次睜開眼睛，房間內外的人事物完全沒變，妻子的呼吸聲，時鐘的嘘嘘聲，又有鄰居回家的開門聲……開眼閉眼前後三次，確認我都是在「意識清楚」狀態，於是我才放心的閉起眼睛，看看接著會發生什麼事？或是能幹什麼事？或者要展現什麼事？

閉上眼睛後，我環視整個房間，確認這是我熟悉的房間，而不是進入到另一個陌生的時空。停了一會，我就想，既然我的「神識」離開肉體，沒了肉體的束縛，應該可以做一些「沒有肉體限制的事」，於是就起了一個念頭：「我想到屋頂上」，就在念頭才剛落，我就感覺「我」緩慢直線往上升，穿過水泥樓板，我還能「看到」樓板內的水泥和鋼筋，然後看到三樓鄰居主臥室的陳設，以及主臥室中正在酣睡的男女主人，接著一直往上升，到四樓，然後是五樓，每一層樓的主臥室內景象陳設都看得一清二楚；慢慢的，不停的，我穿過頂樓的樓板，一樣是看到樓板內的水泥和鋼筋，到了頂樓，抬頭往上看到星空，低頭往下看到整棟社區大樓。就在那個當下，我很理性的再一次的睜開眼睛，確定我還躺在床上，也一樣聽到妻子的呼吸聲和時鐘的噠噠聲，我為什麼要這麼做？其實我不是要測試現象的真假？而是要確認我可以隨時回得來！確認無誤後，閉上眼睛，開始了我那晚奇妙的「空間旅行」。

第四次閉上眼睛，我依然是飄著，看著躺著的我，那時我就不再停留，也不懷疑，想著：「我能夠到達多『高』？」於是過程與畫面與剛才一樣的，直線往上升，穿過三樓的樓板、四樓的臥室、五樓的樓板，依然看到一樣的臥室陳設，同樣的樓板鋼筋水泥，到了頂樓，看到星空，這時候視線更廣，看得更遠，漸漸的就看到遠處馬路的燈火，以及感覺有車輛在行進的車燈，那個景象就好像現在晚上去到台北一〇一大樓的觀景台，由高處往下往前觀看台北市的夜景一樣，只是那個時候全台灣還沒有那麼高的高樓，所以我不可能有記憶的畫面可擷取。在那個當下，我又做了一個重複的動作，就是張開眼睛，確定我還是沒睡著的躺在床上，看著時鐘，時間又過了一些，當我再閉上眼睛，整個眼前的畫面就回到如同在一〇一大樓觀景台看台北市夜景的高度。

我在那個「高處」停了一下，想著還能到「多遠」？於是心裡很明確的說了：「外太空」三個字。剎那間，眼前的景象就開始移動，我發現移動的速度變快了，低頭看腳下的城市越來越小，畫面變成「以前很陌生，現在很熟悉」的樣子，絕不騙你，就是現在Google地圖中，由最高處往下看的街景地貌圖，只是那個時候Google利用衛星觀測的街景與地貌地圖根本還沒製作出來，就被我無意間看過了。而我移動的速度沒停，逐漸的看到地球遠處的地平線，接著就看到整個地球，與後來美國太空總署（NASA）所發布從太空梭或是太空站上所拍攝的水藍色地球畫面一樣。

地球之後，我感覺移動的速度越來越快，我清楚看到一個一個星球從我眼前經過，我越走越遠，最後到了一處像是銀河系的位置，我停了下來，事實上不是移動的速度停下來，而是我心裡想著：「這些銀河系的資訊或許很珍貴，但對我現階段而言，好像沒有太大意義，我現在是在解『生命真相』，不是要『星河探索』，我就算看到了什麼，或是看到外星人，這對我來說好像也不會有太大幫助……」我就是這麼想著時，移動的速度就停了，就停在眼前是一團團星體的銀河系中。

接著我就想，既然現在可以在「空間」中移動，那我是否可以鎖定一個目標物，直接去到那兒？於是我在「外太空」中想著，應該去看一下當時非常認同我解讀出來這些內容的一位朋友，看他在幹嘛？看到之後可以作為事後我跟他分享今天遭遇的佐證，他就是我在前面【杵的類型】篇中所述那群喜愛打坐與練氣功人士中的其中一位。我才這麼想著，我就發現我開始移動了，眼前的景象飛快的閃過，移動速度之快，我真的沒法形容，後來在電視上看到一部片名叫「露西」的電影，電影最後露西在時空中快速移動的景象，就是那種樣子，幾乎是你想著要去哪，眼前的畫面就「咻咻咻⋯」的移動，然後你就停在你想去的那裡！我就是想著那位朋友，我就感覺我往地球方向快速的移動，也可以說是我沒動，是地球快速移到我這邊，一樣的路徑，經過星球，穿過大氣層，進入城市，過了樓板牆壁，沒一會，我就到了他們家，他們家我去過，不過我沒看過他打坐的地方，我看了他們家，看到他在一間靜室中打坐，我在他的身體周圍繞了一圈，他完全沒發現有「人」在看他。

在看他的當下，我想著兩件事，一是「現在幾點了？」二是「我還是清醒著嗎？」我剛才可是到了外太空，不曉得花了多少時間？也不知道這是不是真實的現象？還是這只是我的夢境或是我的想像？當出現第一個想法時，我這位朋友家中的時鐘就出現在我的眼前，看著時間剛過一點半，這就表示我「神遊」了二十分鐘；第二個想法才剛起，我就發現我睜開了眼睛，我確實躺在床上，耳邊依舊是妻子的呼吸聲，這次加上遠處有鄰居出門關上樓下大門的聲音，轉頭看了床邊的時鐘，與我在朋友家中看到的時間一樣，同樣是剛過一點半。當再閉上眼睛，場景瞬間回到朋友家中，看著依舊在靜室中打坐的他。

當下確定可以「來去自如」後，我就開始一一想著想去看的人，想去的地方。當我想去看誰？我眼前的畫面就呈現像「露西」電影般的景象快速移動，一下子就到那個人的住所；當我想去某個地方，同樣的，眼前的景象也是快速移動，一下我就停在那個地方。

那一個晚上，我沒有細數，但我確定我到過將近二十個朋友處，都是認識的，而且都清楚看到他們當下的動態。去到的地方也有十幾處，每一處都可以清楚看到明確的景象。就這樣，一整個晚上我都在各地各處移過來移過去，不過我並沒有因此就忘記時間，每到過幾個地方後，我都不忘「看看時間」，當我出現「想知道現在幾點」的想法時，我所在地的時鐘就會出現在我眼前，有的是壁掛式的時鐘，有的是落地型的大鐘，有的是放在桌上的電子鐘，有的是戴在手腕上的手錶，更有一個是古典鐘樓中的大型機械鐘……每看一次時鐘，就發現時間又過了一些，五分鐘、十分鐘、半個鐘頭……的過，到最後看到一個時鐘顯示的是早上五點半，當下就出現「該回去了」的想法，就在那個想法剛停，我幾乎是瞬間的回到家中，在床上的我就睜開眼睛，轉頭看了床頭櫃上的時鐘，一樣是早上五點半，時間與我最後到過的那個地方所看到的時鐘上的時間一樣。

眼睛睜開之後，聽到中庭裡開始有晨間運動習慣的鄰居出門的聲音，睡在一旁還沒醒來的妻子呼吸聲依舊，她完全沒有發現我在外溜達了一個晚上，不只跑遍全世界，還跑到外太空去看星星。

我起身，坐了起來，在床沿邊回想著一整個晚上奇妙的「空間旅行」，以及每到一個地方腦海中清晰的畫面，想著、想著，我發現我居然不會累，一整個晚上都沒睡，但我的身體居然不會感到疲累，看來我昨天心中對著虛空中大聲說：「給我一個相信的理由！給我一個接受的事例！任何形式都可以，一次就好……」的要求，「祂們」聽到了，所以當晚就讓我知道，在現在已知可看可摸的物質世界之外，還有另一個領域的存在，只是大家看不到也摸不到，因此開了一個方便門，讓我在有限的時間中，去到現在科學技術都達不到的地方。

我當下是有想，要把這段過程寫出來，但後來決定不寫，因為這是祂們在讓我知道，也是在讓我相信，我所解讀出來的訊息，是真實的。當晚到過的地方我不能證明我真的到過，但到過的朋友處卻可以輕易得到證實，只要打通電話去問一下他們當時所處環境的陳設與景況就知道了，但我並沒有這麼做，因為別人信不信並不重要，我相不相信才是重點。我只有在當天早上打了一通電話給第一個去看他的那位朋友。我打電話給他，並不是要求證「所見是否屬實」，而是跟他分享我的奇妙旅行，同時也告訴他，他多年來所鑽研的玄學之論，是存在的，只是被我先行一步看到。在電話中他好奇的問我昨晚所見景況，其他的不說，單說他在靜室中打坐的樣貌、陳設與衣物，他就不止一次大聲說：「沒錯、沒錯！～那樣東西就是擺在那！～我昨晚那個時間還在打坐！～就是披著那個顏色的袍子！～」他聽完所有的描述後，他鼓勵我把這段奇妙歷程寫出來，但我跟他說：「這個過程不重要，我有更重要的要寫。」於是乎，這個經歷，這件事情，這個秘密，在我心中埋藏了幾十年，因為我記得很清楚，那是一九九六年夏天的事。

後來，又有兩件事情，完全證實了那天的「神遊」是真實的。我當時住的是傳統公寓，共五層樓，沒有電梯，從上到下的房間位置都一樣，而事實上在那之前我並未親自到過樓上鄰居的主臥室。幾個月後，有兩次機會我與鄰居在探討主臥室八角窗台滲水的問題時，分別進到其中兩戶鄰居的主臥室中，看到房間的陳設，與我那晚「飄浮」穿過樓板經過他們的主臥室時所見到的完全一樣。不過我並沒有跟鄰居說，我曾經半夜到過他們的主臥室。

而那一次的神遊之旅，不知道是誰開啟了方便門？但也就出現那一次，以後就沒再出現過。就是那一次，讓我完全隨心所欲的去到我想要到的地方之「空間旅行」，讓我對所解讀出來的訊息不再懷疑，甚至連「合理懷疑」都沒有的完全相信。這也是我在本書一開始【前言】篇中第一句強調「以下所述的內容，無法用現代科學方式證實，但我個人堅信它的真實性……」的原因。

那，現在為什麼把這段經歷寫出來？

因為，在《不存在的真實》內容越解越多，尤其是解到《下冊，消失的捷徑》時，我發現這種在一般人看來有如「神通」的「空間旅行」，在被外族人毀滅以修行為基底的古王朝中，是其中的一個修行法門，而且達到這種境界的人還挺多的，只是現在古王朝被毀了，人被殺光了，這種可以「空間旅行」修行法門的訣竅與養成步驟，也跟著遺落在歷史的塵煙中。

現在，這個「空間旅行」的能耐雖然沒人會驅使，但總可以讓大家知道這個方法曾經存在過，而我也有如獲贈一紙「體驗票」般的有幸親身經歷過一次，所以在《卜巴》一書的文末，把它寫出來。藉此提醒大家，在已知可能的領域中，還存在許許多多未知的可能。

說到這兒，引述一段《生命基金》的文字，做為本書的結束：

「現代人習慣以有限的知識度量無限的空間；知識，的確可以豐富人生領域，但是已知的知識，卻往往成為拓展未知領域的絆腳石，阻礙了你我的發展。假如，兩百年前的學者，沒有採用無限的想像空間，來探究這個有限的肉體內部，如今也不會有令人稱奇的現代醫學存在。

許多人都認為，可以觸握的事物才屬真實，不能示現的景物就是虛幻。然而，什麼是真實？什麼是虛幻？其實，所謂的真實，只是大腦接受已知訊息後的詮釋；而虛幻，則是大腦接收到未知訊息後的譯判。在我們現有的科學範疇與已知的知識之外，其實還存在著非常豐富又遼闊的未知領域，若想要找到它們，就必須超越已經根深蒂固的認知才行。」

生活道場系列

卜巴

作者：黎時國
簡歷：www.關於我.tw

封面設計：徐榕淨
美術編輯：徐榕淨
文字編輯：梅齡

出版者：黎時國
發行人：黎漢軒
發行所：亦京咸有限公司
地址：台北市內湖區金湖路367巷3弄16號
電話：(02)26319595
全部著作：www.看書.tw

經銷所：部落格工作室
電話：(02)26349595
www.讀書會.tw／www.福利社.tw／www.買書.tw

出版日期：2016年7月

ISBN:978-957-43-3698-2
NT:990元

ISBN 978-957-43-3698-2
00990
9 789574 336982

www.杵.com
www.老茶房.tw

國家圖書館出版品預行編目資料

卜巴 / 黎時國作. -- 臺北市 : 黎時國出版 :
亦京咸發行, 2016.07
面 ;　公分. -- (生活道場系列)
ISBN 978-957-43-3698-2(平裝)

1. 藏傳佛教　2. 佛教法器

226.964　　105011633